편지한통

편지 한 통

미제국주의 전상서

남정현

도서출판 말

목차

한마디

그동안 내가 살아온 이 생생한 현실에서 일어난 몇 가지 역사적인 사건들을, 어느 한 나라의 예술 작품에 비유하면, 그야말로 만인의 심금을 울릴 빛나는 걸작이요, 동시에 우리 현대사의 큰 자랑이 아닐 수 없다.

이를테면 1960년의 4·19혁명이 그렇고, 1980년 광주의 5·18 민주화투쟁이 그러하며 또한 서기 2000년에 남북이 합의한 6·15선언이 그렇고, 동시에 2016년 10월 말경부터 시작되어 연인원 거의 이천여만 명을 헤아린다는 광화문의 촛불항쟁이 그렇다. 그런데 이러한 혁명과 선언과 항쟁의 그

밑바닥에는 예외 없이 다 민족자주에 대한 우리 민중들의 간절한 열망과 조국의 평화통일, 그리고 민주주의에 대한 절절한 비원이 금방이라도 위로 솟구쳐 오를 기세로 펄펄 끓고 있다는 느낌이었다.

나는 이러한 뜨거운 느낌을 바탕으로 이미 수년 전에, 짧은 소설 한 편을 써서 〈편지 한 통—미제국주의 전상서〉라는 제목으로 발표한 일이 있다. 그 후 세월은 꽤 흘렀지만 안타깝게도 우리 현실은 그 때나 지금이나 늘 제자리걸음이다. 우리 민족의 절절한 염원은 아직도 절절한 염원으로만 남아있다는 얘기다. 불행한 일이다. 하지만 이제 수 많은 항쟁을 통하여 각성된 절대다수의 우리 민중들은 더는 그 불행을 감수하거나, 감내하지 않으리라는 것이 한 작가로서 나의 한결같은 믿음이다.

2017년 6월 15일

남정현

편지 한 통

-미제국주의 전상서

미제국주의 전상서.

나는 편의상 미제국주의라고 하는 당신의 그 빛나는 존함 대신에 당신을 그냥 당신이라고만 부르려 합니다. 물론 대한민국의 국가보안법이라고 하는 내 이름의 명성에 걸맞게 예의를 갖추자면 나는 응당 당신을 폐하나 전하가 아니면 최소한 그래도 각하 정도로는 호칭해 줘야만 예의에 맞는다는 걸 모르는 바는 아닙니다. 참으로 오랜 세월 당신과 나 사이에서 무르익은 그 떼려야 뗄 수 없는 지밀한 관계로 미루어 보아서 말입니다. 설마하니 내가 원 눈곱만치나마 당신의 그 드높은 위상에 누를 끼칠 그런 무슨 불손한 생각을 가지고 미제국주의 당신을, 그냥 당신이라 부를 리야 있겠습니까. 염려하지 마십시오. 나는 다만 오늘따라 유난히 치밀어 오르는 이 억울하고 분한 심정을 한시바삐 당신께 아뢰고 또 당신의 진심을 한번 들어봐야만 살 것 같다는 이 단 한 가지 절박한 일념에만 치우치어 그저 별생각 없이 평시에 내가 자주 쓰던

인칭대명사인 이 당신이란 호칭을 사용하게 되었다는 사실을 그냥 가감 없이 말씀드릴 뿐입니다.

자, 보십시오.

당신.

이 얼마나 정겹고 부르기 쉬운 부드러운 호칭인가를 말입니다. 그렇다고 '당신'이란 이름의 간편한 인칭대명사가 폐하니 전하니 또 무엇이니 하는 그런 유의 으시시한 존칭보다 격이 좀 떨어진다는 얘기가 아닙니다. 아니 격이 좀 떨어진다니요, 원 천만의 말씀을. 당신도 아시다시피 말이란 원래가 그 어느 나라 말이든 똑같은 말을 가지고도 아, 해서 다르고 어, 해서 다르다고들 하지 않던가요. 당신의 지극한 배려에 의해 장장 반세기 이상이나 제가 지배하고 있는 이 나라의 용어인 이 '당신'이란 낱말 역시 그렇답니다. 아, 해서 다르고 어, 해서 다르다 그 말이지요. 그러니까 상대방을 바로 코앞에 앉혀놓고 눈치도 없이 이인칭으로 직접 이봐 당신, 하고 지칭하게 되면 뭔가 불만을 가지고 상대방을 홀대하는 꼴이 되지만, 그러나 아버님 당신께서라거나 또는 하느님 당신께서라거나 하고, 이렇게 '당신'을 한 칸 떼어 점잖게 삼인칭으로 호칭하게 되면 이 '당신'이란 이름의 인칭대명사는 느닷없이 그 격이 가파르게 상승하여 어느새 그것은 우주만물을 창조하신 하느님이나 혹은 나를 낳아주신 나의 어버이를 일컫는 그런 최존칭어가 되어주기도 하는 것입니다. 그런즉 미제국주의 당신을 내가 지금 이렇게 떳떳한 마음으로 감히 당신이라 부를 수 있다는 것은 내가 당신을 이미 하느님이나, 그에 준하는 그런 어떤 지존한 존재로 생각하고 있다는 증거가 아니겠습니까.

그렇습니다.

당신.

아, 미제국주의 당신. 당신이야말로 나에게 있어선 그 누가 뭐라든 나의 구세주이시며 동시에 나의 영원한 어버이이십니다. 과장이 아닙니다. 당신은 그분들과 조금도 다름없는 분이라, 이 말씀입니다. 정말입니다. 도대체 당신이 어떤 분이시던가요. 그러니까 그게 아마 1945년의 어느 날이었죠. 지구 전체를 단숨에 삼킬 수도 있다는 그 으시시한 핵무기, 당신이 만든 그 핵무기를, 그것도 단 두 발만을 가지고 일본 천지가 다 불바다 속에 잠기나 싶게 불지옥을 만들었던 당신,

그때 바로 눈앞에서 천리만리나 치솟는가 싶던 그 광란의 불기둥 밑에서 속절없이 한줌의 재로 변해가던 나를 얼른 구해 준 당사자가 바로 당신이 아니셨던가요.

기적.

그렇습니다. 그것은 정말 기적이었습니다. 내 생각엔 예수님의 부활에 버금가는 그런 불가사의한 기적으로 후세에 전해지지 않을까, 그런 느낌이 들 때도 있습니다. 그런 뜻에서 당신은 틀림없는 나의 창조주이십니다. 태초에 하나님께선 한줌의 진흙을 가지고 사람을 빚어 생명의 숨결을 불어넣었다고 합니다만 당신은 한줌의 진흙보다 다루기가 훨씬 더 불리한 한줌의 재를 가지고 여봐란 듯이 나 즉 일국의 국가보안법이란 이름의 한 거창한 생명체를 탄생시키셨습니다. 이건 정말 언제나 지구의 중심에 서서 오대양 육대주를 자신의 식성에 맞게 떡 주무르듯 하시려는 미제국주의 당신의 그 음험한 괴력이 아니고서는 도저히 이룰 수 없는 일종의 창세기적인 그런 어떤 꿈같은 위업이 아닐 수 없습니다. 그런데도 당신은 편의상 대한민국의 제헌국회라고 하는 그 지저분한 자궁을 통하여 1948년의 어느 날에 나를 탄생시켰다고 하셨습니다만 나는 사실 누구의 자궁을 통하여 언제 이 세상에 출현했던 간에 그런 것엔 별 관심이 없었답니다. 왜냐하면 내가 태어난 그 배경엔 어떠한 형태로든 당신의 괴력이 작용한 흔적이 역력한지라 당신에 대한 나의 존경심이 손상될 염려는 전혀 없었기 때문입니다. 하지만 나는 전생에서 환생하여 국가보안법이란 이름으로 이 빛나는 금생에서 거연히 첫발을 내디디는 순간 그만 얼마나 좋았던지 당신의 존재를 잠시나마 잊을 수밖에 없었습니다. 정말 나 자신밖에 아무것도 보이는 것이 없더군요. 나라는 존재가 그렇게도 대단해 보일 수가 없었습니다. 예컨대 뭣하고도 견줄 수 없는 그런 어떤 유일무이한 생명체가 있다면 그것은 바로 나일 거라는 느낌마저 들더라니깐요. 왜냐하면 내가 전생에서 그 얼마나 몸을 사리지 않고 선업을 쌓아가는 데만 전념했으면 전생에서의 그 영광스럽던 삶의 모습이 조금도 손상되지 않고 이렇게 금생으로까지 고스란히 다 이어질 수가 있었겠느냐 하는 그런 팽배한 자부심 때문이었습니다. 당신도 아시다시피 내가 살아온 전생은 연기緣起요, 윤회요, 색이요, 공이요, 무요, 업이요, 이타요, 하는 등의 불가의 가르침이 촉촉이 젖어있는 곳이 아니었던가요. 그중에서도 나는 인과응보라는 불심의 섭리에 마음이 더 끌리더군요. 말하자면 전생에 쌓은 선악의 업인에 의해 금생의 삶의 형태와 그 질이 결정된다는 가르침 말입니다. 그러니까 전생에서 선업을 쌓으면 금생에서 그에 합당한 보상이 주어지게 마련이고 그와 반대로 악업을 쌓으면 틀림없이 그에 준하는 응징이 뒤따른다는 말씀 말입니다. 그때나 지금이나 나는 그 불심을 믿습니다. 사실은 나도 아직 해탈의 경지엔 이르지 못한지라 남들처럼 삼계육도의 그 험한 길을 돌고 돌며 윤회전생輪回轉生의 고단한 삶을 이어갈 수밖에 없는 처지인즉 내 어찌 인과응보의 그 냉엄한 불법을 거스를 수가 있겠습니까. 믿습니다. 그리하여 나는 당신의 괴력에 의해 금생에서 눈을 번쩍 뜨던 순간 제일 먼저 머리에 떠오른 것은 역시 전생에서의 내 보람된 삶의 모습이었습니다. 내생來生에서의 내 화려한 삶을 준비하기 위해 오로지 이타의 정신으로 일구월심 공덕을 쌓아가던 내 발자국 하나하나가 뭔가 불멸의 흔적처럼 그렇게도 빛나 보일 수가 없었습니다. 그런데도 어쩐 일인지 내 주변의 많은 자들은 자기들이 살아온 전생에 대한 기억이 전혀 없다고들 하거든요. 특히 그 불자라는 자들까지도 말입니다. 참 이상한 일이잖아요. 짐작컨대 그것은 아마 그들이 전생에서 쌓아놓은 공덕이 너무나 미미하여 좀 창피해서 그랬거나 아니면 무슨 흉물스런 벌레와 같은 것으로 환생했다가 천덕스럽게 생을 마감했던 탓으로 그들 스스로가 아예 전생에 대한 기억을 철저히 지워버렸기 때문인지도 모릅니다. 그렇지 않았다면 아 어떻게 자기가 살을 비비며 살아온 전생에서의 그 생생한 행적을 전혀 모른다고 딱 잡아뗄 수가 있겠습니까. 하지만 악업이든 선업이든 전생에서의 자기 행적은 누가 지운다고 해서 지워지는 것도 아니며 또한 누가 허문다고 해서 허물어지는 것도 아니지 않습니까. 그런 뜻에서 내가 당신으로 말미암아 금생에서 새로운 삶이 시작되려는 순간 나의 전생에 대한 기억이 문득 떠올랐다는 것은 지극히 당연한 일이 아닐 수 없습니다.

생각하면 대일본제국의 치안유지법이란 이름으로 한 시대를 주름잡았던 전생의 내 생애야말로 누가 봐도 그 걸음걸음마다가 다 빛나는 나의 업적이었습니다. 누가 감히 나와 견줄 자가 있었겠습니까. 솔직하게 말해서 하늘도 땅도 내 앞에서는 다 머리를 숙여야할 정도로 나의 위세는 그야말로 위풍당당 그 자체였습니다. 천황폐하의 총애를 받으며 수시로 천황을 알현할 수 있는 사이였으니 왜 그렇지 않았겠습니까. 당신도 잘 아시겠지만 당시의 일본천황이 그게 어디 인간이었나요. 땅을 딛고 세상을 살면서도 유일하게 하늘에다 적을 둔 것 같은 신성불가침의 존재, 그는 역시 신이었습니다. 신이었기 때문에 그는 그 처참했던 대동아전쟁 '세계이차대전'의 핵심적인 주범이었음에도 불구하고 그는 패전 후 나는 신이 아니고 인간이다, 라고 소리친 소위 그 인간선언이라는 것 한마디로 그 엄청난 죄과에서 슬쩍 벗어나지 않았던가요. 그가 신이 아니었더라면 아 어떻게 이천여만 명의 아시아인과 삼백여만 명의 자국인 그리고 육만여만 명에 이르는 연합군을 죽음에 몰아넣고도 자신은 멀쩡하게 면죄부를 받고 그까짓 부하 대여섯 놈만을 응징하는 것으로서 그 큰 죄과에다 종지부를 찍을 수가 있었겠습니까. 물론 그것은 멀리 아시아 전체의 미래를 내다본 미제국주의 당신의 속셈이 작용한 탓인지는 모르겠습니다만 어쨌든 내가 치안유지법이란 이름으로 활약하던 당시의 일본천황은 분명히 신의 위치에 다다라 있었습니다. 그리하여 만백성들은 너나없이 모다들 천황의 그 천안天顏을 한번 우러러보고 그 천성天聲을 한번 들어보는 것이 평생소원이었던 시절이라 천황의 황거皇居가 위치한 궁성을 수시로 드나들던 나의 위세는 정말 남 보기에 하늘을 찌를 듯싶었을 겁니다.

참 생각지도 않게 지금 황거가 자리 잡은 궁성 얘기가 나왔으니 말씀이지 그 궁성의 면적이 좀 넓던가요. 아니 넓다느니 보다는 아주 광활하다는 표현이 어울릴 것 같습니다. 하여튼 내가 지금 그 안전을 책임지고 있는 이 대한민국의 옛 궁들인 그 창경궁이니 창덕궁이니 경복궁이니 하는 궁들을 다 합친 것보다도 넓으며 또한 당신의 본거지인 백악관이나 펜타곤의 면적을 합친 것보다도 넓다면 아마 어느 정도 이해가 될 듯싶습니다. 그처럼 넓고도 넓은 궁성의 요소요소엔 사시사철 각종의 희귀한 꽃과 나무와 새들이 제가끔 진귀한 몸매를 뽐내고 있었으며 또한 그것들은 언제나 서로 경연하듯 감미로운 향기를 주변에 자욱이 내뿜고 있었거든요. 아 아름답고 경이로운, 그곳이 바로 신들이 소요하는 선경이지 어디가 선경이겠습니까. 내가 처음으로 일본천황을 알현한 곳도 바로 그 선경이었습니다. 그때 천황께선 나를 대하자마자 너무나 흡족하여 호흡이 고르지 않아선지 그냥 한참이나 지긋이 나를 바라만 보시더니 순간,

　죽일 놈은 가차 없이 죽이고

　살릴 놈도 가차 없이 살려라

　딱 이 두 마디 말씀을 하시고는 지긋이 미소를 지으시던 것입니다. 아 그 자애로운 미소, 하지만 나는 당시 처음 듣는 천황의 그 천음을 얼른 이해하지 못하여 정말 경황이 없었습니다. 도대체 이게 무슨 말씀인가. 죽일 놈은 가차 없이 죽이라는 이 한마디는 당신도 아시다시피 나의 체질에 딱 맞는 말씀이라 얼른 알아들었지만 그러나 살릴 놈도 가차 없이 살리라는 이 한마디는 여간 난해한 대목이 아니었습니다. 하지만 당시 천황께선 나의 그런 난감한 심정을 헤아리셨던지 나에 대한 사랑과 믿음이 가득 담긴 부드러운 어조로, 짐이 네게 이르노니 살릴 놈들에겐 이 세상의 부귀영화를 다 주란 말이다. 뭐든 아끼지 말고 말이다. 놈들이 너무 좋아서 밤낮

없이 천황만세를 부르며 너울너울 춤을 출 수 있게 말이다. 다 주란 말이여, 알았지? 그리고 천황께선 자신이 분명히 신이라는 사실을 입증이라도 해 보이듯 순간 어디서 나타났는지 몇몇의 아아한 선녀들에 떠받들려 그만 바람처럼 스르르 눈앞에서 사라지던 것입니다. 꿈만 같았습니다. 하지만 나는 만백성이 우러르는 천황의 실체를 지근지지에서 직접 목격했다는 이 단 한 가지 사실만으로도 도무지 가슴이 벅차서 잠 못 이루는 밤이 며칠이나 계속되었거든요. 그 후 나는 대일본제국의 '치안유지법'이라는 위상에 걸맞게 정말 멸사의 정신으로 최선을 다했답니다. 나에 대한 천황의 어명대로 죽일 놈은 가차 없이 다 죽이고 살릴 놈도 가차 없이 다 살렸다 이 말씀입니다. 말하자면 대동아공영권을 이룬다는 위대한 꿈을 안고 밤낮없이 헌신하고 있는 대일본제국의 그 신성한 국체를, 그 국책을, 조금이라도 훼손하려는 자는 물론 혹여 속으로나마 티끌만치라도 그렇듯 흉한 생각을 품고 있는 것들은 그것이 개인이든 단체든 가리지 않고 낱낱이 다 잡아내어 가차 없이 천벌을 내렸다 이 말입니다. 그것들이 다시는 이 세상에 낯짝을 내밀지 못하도록 아주 숨통을 꽉 막아놓았다 이 말씀이거든요. 특히 조선 놈들에겐 더욱 무자비하게 대했습니다. 시대에 뒤진 학정에 못 이겨 다 죽어가는 놈들을 구제하기 위해 부득이 일한합방을 선포하고 그에 맞게 내선일체를 이루어가는 일본천황의 그 은정어린 정책을 이해하지 못하고 건방지게 망국이니, 독립이니, 민족이니, 자주니 하면서 겁도 없이 대드는 자들은 말할 것도 없었지만, 제 놈들에게도 무슨 제 놈들 특유의 문화가 있고 전통이 있고 역사가 있다면서 뒤에서 수군거리는 자들마저 수소문하여 다 잡아다가는 그냥 철퇴를 내렸습니다. 철저하게 사람취급을 안했습니다. 그냥 개돼지 때려잡듯 했거든요. 아 조선 놈들이 오죽 다급했으면 제 놈들이 그렇게도 신주 떠받들듯 하던 제 놈들의 성과 이름마저 호적에서 톡톡 털어내고는 일본인의 성과 이름으로 갈아버렸겠습니까. 그 무엇보다도 혈통을 중시하던 놈들의 욕설 중에 가장 패륜적인 욕지거리가 '성을 갈 놈'이었는데 놈들은 스스로가 다 성을 갈아버린 놈이 되어버렸으니 당시 나에 대한 놈들의 공포증이 얼마나 대단했던가는 아마 이것만으로도 짐작이 되리라 믿습니다. 이렇듯 천황폐하의 말씀대로 죽일 놈들을 가차 없이 죽인 내가 살릴 놈들 또한 가차 없이 살렸을 것은 뻔하지 않습니까. 말하자면 일한합방을 조선을 위한 축복으로 영광으로 받아들이는 자, 황국신민이 된 기쁨을 영 참지 못하여 늘 춤추듯 만세를 부르는 자, 철저하게 나를 따르며 나의 지시에 솔선수범하는 자, 이러한 자들에겐 모든 것을 아끼지 않고 가차 없이 다 주었다 이 말씀입니다. 뭉텅뭉텅 돈도 주고 땅도 주고 공장도 주었습니다. 어디 그뿐이겠습니까. 공작, 후작, 백작, 남작, 자작 등 그 좋다는 온갖 명예로운 작위도, 옜다 다 처먹어라 하는 심정으로 흡사 소나기 퍼붓듯 했습니다. 그러니 놈들의 정신이 온전할 리가 있었겠습니까. 아주 홀딱 뒤집히더군요. 너무도 기뻐서 말입니다. 이게 웬 떡이냐 하는 심정이었겠지요. 조선의 여기저기에선 연일 덩실덩실 춤판이 벌어지고 있었으며 천황을 향한 경배의 행렬이 길게 물결치고 있었습니다. 이제 내선일체는 구호가 아니라 현실적인 엄연한 실체로서 굳어지고 있었으며 그리하여 이제 일본과 조선은 둘이 아니고 분명히 하나라는 사실이 세계 앞에 당당히 부각되는 형국이었습니다.

황홀했습니다.

눈앞에 펼쳐진 이 역사적인 대변화는 말할 것도 없이 일본 천황의 어명을 충실히 받든 치안유지법인 나의 헌신적인 노력의 결과라는 것을 생각할 때 나는 도무지 가슴이 두근거려서 견딜 수가 없었습니다. 잠이 오지 않아 며칠이나 뜬눈으로 새웠습니다. 천황폐하께서 이 세기적인 나의 위업을 보시고 뭔가 그에 걸맞은 엄청난 포상을 곧 내게 내릴 것이란 생각에 나는 도무지 매일매일이 들뜬 상태라 좀처럼 일이 손에 잡히지 않던 어느 날, 그렇습니다. 바로 그 어느 날에 돌연 귀를 찢는 굉음과 함께 천길 지옥에서 솟구치는가 싶던 그 시뻘건 불덩어리에 휩싸여 부득불 전생에서의 내 생이 종말을 고하지 않았던가요. 쓸쓸하게도 한줌의 재만 남기고 말입니다.

되돌아보면 내가 전생에 남긴 그 희미한 한줌의 재마저 없었더라면 제아무리 난다 긴다 하는 미제국주의 당신이라 하더라도 아 어떻게 뭣을 근거로 해서 나 즉 대한민국의 국가보안법이라고 하는 이 귀기가 흐르는 한 거대한 생명체를 탄생시킬 수가 있었겠습니까. 그리하여 나는 내가 전생에 남긴 그 한줌의 재야말로 나를 존재케 한 그 근원적인 씨앗이란 생각이 들어 나도 모르게 저절로 고개가 숙여지던 것입니다, 당신도 아마 그러셨으리라 믿습니다. 일본천황의 그 화려한 구상을 받들고 그것을 실현시키기 위해 분골쇄신한 전생에서의 내 삶의 모습이 고스란히 묻어있는 한줌의 재를 발견하시고 당신도 꽤나 가슴이 두근거렸으리라 믿는다 이 말씀입니다. 너무도 기뻐서 말입니다. 당시 당면한 당신의 주변정세가 결코 녹록치 않아 고심하고 있던 차에 전생에서의 내 활약상이 배어 있는 그 흔적을 발견하셨으니 얼마나 반가우셨겠습니까. 이를테면 당신의 적극적인 관여로 갓 태어난 대한민국, 그때 그 대한민국을 거부하는 세력들이 오죽 대단했었나요. 경술국치 이후 수수도 없는 백성들이 땅을 치며 통곡하다가 마음을 가다듬고 모다들 벌떡 일어나지 않았던가요. 그리고 그들은 국내외의 요소요소에 진을 치고 수많은 세월 일제와 그에 추종하는 매국노들을 상대로 그야말로 온몸을 바쳐 투쟁하지 않았습니까. 당신이 존경하는 링컨이란 대통령이 이미 백 수십 년 전에 게티즈버그에서 말했다는 소위 그 인민에 의한 인민을 위한 인민의 정부를 이 삼천리 근역에 거연히 솟아오르게 하기 위해서 말입니다. 하지만 일제가 망하고 나라가 해방 되었는데도 또다시 외세에 의해 나라가 남북으로 분단되고 그 분단된 남쪽에 그것도 친일매국 세력이 주류가 되어 단독정부가 세워진다는 것을 그들이 어떻게 이해할 수가 있었겠습니까. 아마 청천벽력이었겠지요. 그들의 눈에 분명히 그것은 인민을 위한 인민의 정부가 아니라 외세를 위한 외세의 정부로 비쳤을 겁니다. 그리하여 그들은 나라의 방방곡곡에서 밤낮없이,

삼팔선이 웬 말이냐

남북분난이 웬 말이냐

단독정부가 웬 말이냐

외세 물러가라

매국세력 청산하고

통일정부 수립하자

하고, 피를 토하듯 절규하며 주먹을 휘두르는 바람에 대한민국의 운명이 정말 풍전등화 격이 아니었나요. 그때 당신의

심려가 얼마나 깊으셨습니까. 하마터면 미래에 대한 당신의 웅대한 포부가 수포로 돌아갈지도 모르는 위기에 처해 있었으니 말입니다. 어디까지나 이차대전 시의 당신의 고귀한 전취물로 생각하는 이 사우스 코리아를 요지부동의 튼튼한 진지로 만들어 그것을 발판으로 해서 소련을 중심으로 한 공산권 전역을 허물어 버리고 내친김에 아주 당신의 백년숙원이었던 아세아권 전체를 수중에 넣음으로써 연년세세 지구의 주인행세를 하려던 당신의 계획에 큰 차질이 생길 수도 있는 위기의 시절이었다 이 말씀입니다. 하지만 신은 언제나 당신 편이었는지도 모릅니다. 당신은 마침 그 시절에 전생에서의 나의 희미한 흔적을 미끼로 전무후무한 괴력을 지닌 나 즉 국가보안법이라고 하는 한 신비한 생명체를 탄생시키셨으니 말입니다. 그때 아마 하늘도 땅도 아니 산천초목까지 모다 일어서서 당신에 대해 큰 박수를 쳤을지도 모릅니다. 그래선가 내가 국보법이란 이름을 가지고 처음으로 당신을 대하던 순간 당신의 표정은 그야말로 환희 그 자체였습니다. 나에 대한 사랑과 믿음과 기대가 너무나 벅차서 말씀이 잘 안 나오던가 당신은 흡사 뭔가 귀한 보물을 쓰다듬듯 그렇게 나의 머리를 한참이나 쓰다듬어 주시더니 아주 느긋한 미소와 함께 다정한 목소리로, 너와 나는 같은 운명이다. 너와 나는 둘이 아니고 하나란 말이야. 이 세상 끝까지 같이 가자꾸나. 알았지? 그러시고는 내 손목을 꼭 잡아주시지 않았던가요. 아 그 따스함. 금생에서의 나의 영화를 끝까지 책임져 주시겠다는 그런 굳은 의지와 결의가 가득 담겨있는 듯한 당신의 말씀 앞에서 나는 그만 울음이 터질 것 같은 심정이었습니다, 너무도 기뻐서 말입니다. 당시 나는 나 스스로를 향해서 당신을 위하는 일이라면, 당신이 시키는 일이라면, 그 무슨 일도 망설이지 않고 삽시간에 해치우겠다는 그런 굳은 맹세를 했답니다. 설사 그 일이 너무나 난감하여 내 목숨을 내놓을 수밖에 없는 일이라도 말입니다. 하지만 당신은 그날까지도 일본천황과 은밀한 교감이 있으셨던가, 나에 대한 당신의 간곡한 당부라는 것이 어쩌면 그렇게도 내 전생에서의 나에 대한 일황의 당부와 토씨 하나 틀리지 않고 똑같았는지 그저 신기할 뿐이었습니다. 세상에 원 이럴 수가. 당신의 나에 대한 첫 당부도 역시 죽일 놈은 가차 없이 죽이고 살릴 놈도 가차 없이 살려라, 바로 이것이었으니 말입니다. 순간 나는 왠지 좀 어이없다는 느낌이 들더군요. 이번에는 뭔가 전생과는 다른 무겁고 힘든 일거리로 당신께 결사보은 하고 싶었는데 생각보다 일거리가 너무 쉽고 손에 너무 익은 것이어서였는지도 모릅니다. 하지만 당신이 누굽니까. 당신의 그 빛나는 구상을 실현시킬 중책을 맡기시는데 있어서 조금이라도 소홀히 하셨을 리가 있었겠나요. 당신은 아마 전 세계를 품에 안기 위한 그 요충지로서의 사우스 코리아를 안전하게 관리하기 위해선 전생에서의 나의 공적으로 미루어 보아 그 방면에선 거의 국보급인 나라는 존재가 꼭 필요했을는지도 모릅니다. 그런저런 생각에 이르자 당시 나는 그저 무조건 당신의 뜻에 따르기로 작정하지 않았었나요. 죽자 사자 당신의 뜻에 따라 금생에서 선업을 쌓아가다 보면 인과응보의 불심에 의해 앞으로 다가올 내생에서의 내 영화 또한 떼놓은 당상이라 아무런 걱정이 없을 거라는 나의 속셈이 조금 작용한 탓인지도 모릅니다.

그리하여 나는 그날부터 즉시 팔을 걷어붙이지 않았던가요. 두 눈에 시뻘건 불을 켜고 말입니다. 당신의 뜻대로 죽일 놈과 살릴 놈을 가차 없이 가려낼 심산이었습니다. 일단 이렇게 마음을 굳히고 나니 내 눈 앞엔 별로 보이는 것이 없었습니다. 진실로 나의 진가를 알아주는 당신 말고는 말입니다. 너와 나는 둘이 아니고 하나다, 알았지? 하고 내 손목을 꼭 잡아주시던 당신의 결심이 끝까지 변하지 않기를 바라는 간절한 염원을 안고 나는 사실 그동안 눈코 뜰 새가 없었습니다. 한마디로 말하면 당신의 앞길에 장애가 되는 온갖 잡귀들을 다 쓸어내기 위해서였습니다. 특히 당신을 지칭하여 한반도의 남쪽을 강점한 흉악한 강도라고 강변하면서 흡사 철천지원수처럼 당신을 적대시하는 북쪽의 빨갱이 집단은 물론 그저 건뜻만 하면 시도 때도 없이 자주다 민주다 통일이다 하면서 당신께 주먹질을 하는 남쪽의 그 수많은 불량배들을 응징하기 위해 나는 사실 잠 한번 편히 자본 적이 없었답니다. 솔직하게 말하면 그러한 내 마음가짐의 덕분이랄까요. 생각하면 내가 국보법이란 이름으로 이 세상에 첫발을 내디뎠던 그해 첫해만 해도 나의 활약이 얼마나 눈부셨습니까. 물론 당신이 더 잘 아시겠지만 나 혼자만의 힘으로 무려 십수만 명에 이르는 죽일 놈들을 가려내어 그것들을 즉시 죽음의 관문으로 몰아넣지 않았던가요. 어디 그뿐만이었겠습니까. 국보법인 나의 뜻에 반하는 갖가지 형태의 무슨 정당이니 무슨 단체니 하는 그런 흉측한 걸림돌들을 일거에 백 수십여 개나 아주 박살을 내지 않았습니까. 그것들이 다 무엇이었던가요. 한마디로 요약하면 그것들은 다 당신이 망하기를 바라는 큰 재앙 덩어리였습니다. 자유와 인권과 민주주의의 화신인 당신을 보고 어이없게도 자유와 인권과 민주주의를 짓밟는 원수라면서 어떻게든 그저 당신의 보물인 이 사우스 코리아를 당신의 품에서 빼내기 위해 앙탈을 부리는 아주 막된 놈들이었으니 말입니다. 아 그것들을 그냥 내버려뒀더라면 지금 당신의 처지가 어떻게 되었겠습니까. 그런 걸 생각하면 눈앞이 캄캄해질 때도 있습니다. 그랬더라면 당신은 아시아로 뻗어나갈 귀중한 발판을 잃고 지구의 중심축에서 멀리 벗어나 지금쯤은 아마 지난날의 영화나 반추하며 쓸쓸한 말년을 보내고 있을지도 모릅니다. 그러니 내가 어찌 단 하루나마 마음 놓고 잠을 잘 수가 있었겠습니까.

특히 6·25, 4·19, 5·16, 5·18 등등의 준엄한 역사의 격한 격랑에 부딪치면서 나는 정말 눈코 뜰 새가 없었습니다. 아세아의 어떤 정치인이 적절하게 지적했듯이 이 아름다운 사우스 코리아를 전혀 누가 범할 수 없는 당신의 영원한 불침항모가 되게 하기 위해 나는 사실 거의 몸부림치듯 하는 심정으로 당신의 안전을 위해 최선을 다 했습니다. 죽일 놈은 가차 없이 죽이고, 살릴 놈도 가차 없이 살렸다, 이 말씀입니다. 그렇다고 죽일 놈들의 수가 내 마음처럼 그렇게 쉽게 줄어드는 것 같지도 않았습니다. 나의 입장에서 보면 놈들의 생명력과 번식력이 어쩌나 강한지 놈들을 당할 자가 없을 것 같다는 느낌입니다. 어느 동물학자의 말에 의하면 쥐란 놈 한 쌍이 일 년 동안 번식시킬 수 있는 후손들의 수가 무려 일민 오천여 마리에 이른다는데 그 죽일 놈들의 번식력은 그보다도 더한 것 같아서 그만 입이 딱 벌어질 때도 있답니다. 이쪽에서 죽일 놈들의 숨통을 꽉꽉 틀어막으면 어느새 또 저쪽에서 죽일 놈들이 날 조롱하듯 킬킬대며 주먹질을 하는 판이니 왜 그렇지 않겠습니까. 하여튼 동쪽을 제압하면 금방 서쪽에서 꿈틀거리고 또 서쪽을 짓눌러버리면 남쪽에서 들썩거리곤

하니 설령 내 몸이 쇳덩이라 한들 어찌 기력이 쇠하지 않을 수가 있었겠습니까. 하지만 만사를 다 꿰뚫어볼 수 있는 능력의 소유자인 당신은 그때마다 적절하게 나의 체력을 보강시키기 위해 세심한 배려를 다해주셨습니다. 내가 태어난 이후 수십 년간에 걸쳐 벌써 십여 회 이상이나 당신은 여러 기관을 동원하여 나의 오장육부를 전보다 몇 배나 더 강건하게 만들어 주시지 않았습니까. 이제 나는 명실공히 이 나라에선 법 중 법이요 왕 중 왕의 지위에 올랐다는 느낌입니다. 이러한 내가 사실 이 땅에서 못할 일이 뭣이 있겠습니까. 그래 그런가 세인들은 나를 보고 저자는 남자를 여자로 또 여자를 남자로 만드는 일 말고는 못하는 일이 없다고 다들 혀를 내두른답니다. 그만큼 나의 능력이 탁월하다는 얘기겠지요. 하지만 그것은 내가 잘나서였다기보다는 정말 잘난 당신이 바라시는 바를 내가 충실히 시중들어 드린 결과라는 것이 더 옳은 표현이란 생각이 듭니다. 말하자면 내가 당신의 뜻대로 죽일 놈들을 가차 없이 죽인 것만큼 살릴 놈들도 가차 없이 살려놓은 결과가 아니겠느냐 하는 그런 생각이 든다 이 말이거든요. 사실 말이지 나는 살릴 놈들에 대해선 그들이 바라는 것 이상으로 할 만치 했습니다.

당신이 없으면 불안해서 단 하루도 못살겠다고 아우성치는 자들.

당신과 나를 끝까지 믿고 생사고락을 같이하겠다는 자들.

멸공만이 살길이라는 자들.

세계화 시대에 민족이니 뭣이니 하는 놈들에겐 철추를 내리라고 절규하는 자들.

나는 정말 이들에겐 아무것도 아끼지 않았습니다. 줄 것은 다 줬습니다. 내 전생에서와 마찬가지로 돈도 주고 땅도 주었습니다. 권력도 주고 명예도 주었습니다. 이들이야말로 당신과 진정으로 하나 되기를 바라는 특등 국민들이기 때문이었습니다. 이들은 언제나 정치 경제 문화 교육 언론 등 사회 각 부분의 핵심 요직에 포진하여 하루도 쉼 없이 만세만세 만만세 하고 당신을 위해 만세를 부르고 있지 않습니까. 밤낮을 가리지 않는 이들의 피나는 노력으로 이제 당신의 귀중한 보물인 이 사우스 코리아는 여러 면에서 당신과 거의 일체감을 이루고 있습니다. 특히 한 나라의 중요한 요체인 경제와 군사 부문은 단 얼마간도 당신의 배려가 없으면 혼자 서 있기가 어려운 형편이며, 사실은 다른 부문도 홀로 서기가 어렵기는 서로가 도토리 키 재기라 그런 문제를 가지고 그 경중을 가린다는 것은 별 의미가 없다는 것이 내 생각입니다. 하여간 이러한 현실의 모든 긍정적인 현상은 나를 철저하게 지지하는 각계각층의 특등 국민들이 당신을 위해 이루어놓은 빛나는 성과가 아니겠습니까. 다만 단 한 가지 아직도 미진한 점이 있다면 그것은 이 땅의 백성들이 평상시에 사용하는 언어 문젠데, 그것도 내 판단엔 머지않은 장래에 곧 해결되리라 믿습니다. 좀 쉽게 말하면 내가 관할하는 이 나라의 언어는 은연중에 영어로 대치되어 영어가 무리 없이 공용화될 날도 그리 먼 훗날의 일이 아니라 이 말씀이거든요. 정말입니다. 바야흐로 이 땅의 남녀노소는 그 누구랄 것도 없이 지금 대부분이 다 저도 모르게 영어 열풍에 휩말리어 허우적거리고 있으니까 말입니다. 영어만이 살길이다, 라는 지엄한 슬로건 하에 모다들 나 살려라, 하는 심정으로 영어, 영어, 하면서 영어에 매달리느라 너나없이 경황이 없잖습니까. 그저 내 자식의 영어학습을 위해선 비장한 각오로 땅도 팔고 집도 팔고 몸도 팔겠다는 학부형들이 줄을 서고 있으며 심지언 유창한 영어 발음을 위해 혓바닥에마저 칼을 대고 성형하겠다는 자들이 늘어나고 있다고 합니다. 그도 그럴 것이 지금 이 나라에선 한 인간이 영어를 잘하느냐 못하느냐 하는 문제는 한 인간의 생애 전반에 걸친 빈부귀천을 규정하는 가장 현실적인 잣대가 되어주고 있으니까 말입니다. 그래 그런가 내 주변에선 벌써부터 영어로 소통하고 영어로 강의한다는 대학이 늘어나고 있으며, 영어로 토의하고 영어로 회의하는 회사도 심심찮게 찾아볼 수 있습니다. 만인이 선망하는 일류 대학이 되고 일류 회사가 되자면 이 길만이 최선의 길이라고 판단한 탓이겠지요. 이러한 모든 현상은 말할 것도 없이 당신을 하늘처럼 떠받들고 나를 지지하는 세력들이 활자와 전파 등 갖가지 전달매체를 다 동원하여 이 길만이 살길이라고 그 타당성을 주장하느라 수많은 세월 땀을 흘린 귀중한 성과가 아니겠습니까. 누가 봐도 이건 참 대단한 업적이 아닐 수 없을 것입니다. 자화자찬 같아서 좀 뭐하긴 합니다만 그래도 내가 일편단심 당신을 위한 헌신적인 노력에 의해 군사와 경제 등 각 부문에 뒤이어 언어마저 당신과 일체감을 이룬다면 그야말로 금상첨화라, 내가 전생에서 이룬 내선일체에 못지않은 세기적인 대 경사가 아니겠습니까. 이렇듯 경사스런 방향으로 사회가 눈부시게 변화하는 모습을 보고 나와 당신을 떠받드는 각 계각층의 수많은 인사들은 이제야 겨우 빨갱이 놈들에 대한 걱정이 없이 다리를 쭉 뻗고 살맛나는 세상을 실컷 맛보게 될 모양이라면서 사뭇 흥분을 감추지 못하는 듯싶습니다. 그들의 생각에 호시탐탐 남침만을 노리고 있는 북쪽의 빨갱이 무리들을 근원적으로 제거하고 자신들이 맘껏 행복을 구가하기 위해선 그 무엇보다 먼저 당신과 내가 모든 부문에서 통합된 체제를 갖추는 것만이 최선의 길이라고 믿기 때문입니다. 그러면 빨갱이 그것들이 감히 어디를 넘보겠느냐는 것입니다. 그리하여 그들은 내친김에 아주 내일이라도 당장 유에스에이와 사우스 코리아는 둘이 아니고 하나다라는 사실을 전 세계에 선포하게 되면 그 즉시로 북쪽 빨갱이 집단의 수명은 끝이라는 것입니다. 빨갱이 그것들은 그 즉시로 닭 쫓던 개 신세가 되어 그야말로 망연자실 멍하니 지붕만 바라보다 결국엔 다 굶어 죽고 말 테니 말입니다. 세상에 아 이것처럼 빠르고 정확한 멸공정책이 어디 있겠습니까. 맞는 얘깁니다. 나는 당신의 뜻을 받들어 나를 지지하는 이 참다운 백성들의 간절한 소원이 하루속히 이루어지도록 그동안 육십여 성상을 정말 한결같은 마음으로 신심을 다 했습니다. 한 생명체로서의 맡은 바 임무를 거의 다 이루어 놓지 않았느냐 이 말씀이거든요. 그리하여 나는 요즘에 와선 좀 느긋한 태도로 꼭 진인사대천명 하는 심정이랄까, 하여튼 할 일을 다 했으니 조만간에 나에게 뭔가 좋고 좋은 일이 찾아오지 않을까 해서 자꾸 주변을 두리번거리는 참이었는데 그런데 이게 뭐죠? 갑자기 이게 무슨 날벼락이냐 이 말씀입니다. 세상에 당신이 원내게 이럴 수가 있으신가요. 그저 기회만 있으면 당신의 앞길을 가로 막으려고 생발광을 떠는 북쪽의 빨갱이 집단을, 당신의 그 결정적인 역사의 장애물을 이제 완전히 제거했으니 기뻐해 달라는 그런 감동적인 소식은 전해주지 못할망정, 아니이게 무슨 망측한 소리죠? 당신이 빨갱이 그것들과 무슨 평화협정을 맺으려고 한다니 말입니다. 처음엔 나는 내 귀를 의심했습니다. 설마 해서가 아니라 이건 애당초 말이 안 되는 소리였기 때문입니다. 당신의 정신 상태에 갑자기 무슨 이상이 생기지 않았다면 도저히 꿈도 꿀 수 없는 망언으로 들렸기 때문입니다. 도대체 당신에게 지금 뭣이 부족해서 우리들의 철천지원수인 북쪽의 그 빨갱이 집단과 어이없게도 평화협정을 맺는다는 거죠? 아니 당신에게 지금 없는 것이 뭐가 있습니까. 있을 것은 다 있잖습니까. 그것도 넘치게 있습니다. 원자탄이 없습니까. 수소탄이 없습니까. 전자탄 광선탄 세균탄도 무진장 있잖습니까. 그중 그 어느 한 가지 탄만 가지고도 당신은 이 세상의 모든 생명체를 몇 번이나 죽일 수 있는 힘이 있다는 것이 지금 세인들의 중론입니다. 그런데도 뭣이 아쉬워서 빨갱이 그것들과 평화협정을 위한 협상을 하겠다는 거죠? 그것들 그저 단 한 방이면 그만일 텐데 말입니다. 나는 사실 수수년 전 당치않게도 당신이 북쪽의 빨갱이 집단과 일대일로 마주 앉아 무슨 회담을 시작했다는 소식을 처음 접했을 때만 해도 순간 당황한 목소리로 뭐라구? 그러면서 벌떡 일어났다가는 금방 흥, 그럴 리가, 하며 이내 평상심으로 돌아와 그냥 웃어버리고 말았던 것입니다. 나의 지지자들은 모다들 갑자기 무슨 큰 변고라도 당한 것처럼 이건 분명히 우리에 대한 배신이며 변심이며 치욕이라면서 분통을 터트렸지만 그래도 나는 태연한 표정으로 그냥 웃기만 했거든요. 당신이 누군데 하는, 당신에 대한 깊은 신뢰감이 작용한 탓이었

습니다. 만약에 당신이 진심을 가지고 북쪽의 그것들과 만인
좌시리에 일대일의 구도로 협상 테이블에 앉았다면, 그런 자
리에 앉았다는 그 사실 자체가 이미 다른 사람들의 눈에는
당신의 패배를 의미하는 일종의 굴욕적인 신호로 비쳐졌겠지
만 그러나 나는 그렇게 보이질 않았습니다. 아무리 생각해도
유에스에이와 노우스 코리아는 비교가 안 되는 상대였기 때
문입니다. 구태여 비교를 한다면 당신의 실력으로 보아 꼭 고
양이와 쥐와의 차이를 연상할 수 있는데, 그러한 관계를 어떻
게 비교라는 말로 재단할 수 있겠습니까. 그리하여 나는 당신
이 북쪽의 그것들과 한자리에 앉았다는 것은 사실은 그것들
과 뭘 상의해 보자는 의도가 아니라 흡사 고양이가 쥐라는
먹잇감을 앞에 놓고 그걸 그냥 한 입에 먹어 치우기가 아까
워서 잠시 이리저리 쥐란 놈을 좀 희롱해보는 그저 그런 유
의 만남일 거라는 생각이 들었던 것입니다. 말하자면 당신과
나의 철천지원수인 그 빨갱이 집단을, 그 집단의 무슨 대표라
는 것들을 아주 눈 가까이에 앉혀놓고 그것들을 그저 소문
없이 일거에 꽝하고 해치울 수 있는 그런 결정적인 급소를,
그렇습니다. 놈들의 마지막 숨통을 조일 수 있는 그 결정적인

급소를 찾아내기 위한 일종의 계략이 아니겠나 하는 생각이 들어 나는 늘 여유만만하게 시간을 보낼 수 있었다 이 말씀이거든요.

그런데 이게 뭡니까?

그 후 소위 그 회담이란 것이 하루 이틀도 아니고 한 달두 달 아니 일 년 이 년 하면서 질질 끌더니 어느새 십여 년이란 세월을 바로 코앞에 두고 있잖은가요. 그런데 문제는 이렇게 회담의 횟수가 늘어나면서부터 당신의 태도가 점점 수상해지더라 이 말씀입니다. 왠지 평상시처럼 세계의 주인답게 당당해 보이질 않고 늘 뭔가에 쫓기는 표정이더군요. 흡사 무슨 불길한 예감에 시달리는 사람처럼 당신의 안면엔 늘 불안하고 초조한 기운이 감돌고 있었습니다. 불행하게도 북쪽의 빨갱이 그것들과 만나는 과정에서 혹시나 그것들의 실체가결코 만만치만은 않다는 사실을 분명히 감지하기라도 했는가, 당신은 도무지 나를 바라보는 시선이 전처럼 그렇게 떳떳해 보이질 않았습니다. 특히 근래에 와선 아무래도 저놈이, 알아선 안 될 일을 좀 알고 있지 않나 하고 잔뜩 나를 의심하는 눈초리로 나를 힐끔힐끔 쳐다보는 당신의 행태가 실은 여간 나를 불편하게 하는 것이 아니더군요. 그래서 나는 언젠가 당신께 무례를 무릅쓰고 아 무엇 때문에 그까짓 상대도 안 되는 빨갱이 그것들과 기한도 없이 그렇게 여러 번 만나서 쑥덕공론을 할 필요가 있느냐 하고, 왈칵 뭔가를 토해내듯 말한 적이 있잖습니까. 그러자 당신이 그때 내게 뭐라고 말씀하셨나요. 넌 걱정 마. 네 할 일이나 해. 나만 믿고 말이다. 내 계산이 얼마나 빠르다고 내가 손해 볼 일이야 하겠냐. 아, 그러시지 않았습니까. 너 별것을 다 걱정하는구나 하는 표정으로 말입니다. 하지만 나는 그때 속에 맺힌 말을 한마디 불쑥 내뱉고 싶었지만 꾹 참았습니다. 당신의 체면을 봐서라기보다는, 내가 태어나던 그 옛날, 너와 나는 한 몸이다. 평생을 함께 가자꾸나 하시며 다정하게 내 머리를 쓰다듬어 주시던 당신의 말씀이 하나의 믿음이 되어 내 온몸에 흐르고 있기 때문이었습니다. 그렇다고 당신에 대한 세상 사람들의 얄궂은 얘기가 줄어드는 것은 아니었습니다. 세월이 갈수록 별의별 흉흉한 소문이 다 퍼지더군요. 당신이 공연히 자신의 힘만 믿고 빨갱이 그것들과 계속 어울리다간 결국엔 그것들이 깊이깊이 파놓은 함정에 빠지고 말 것이라는 둥 혹자는 또 동시대인들은 틀림없이 자기들 생전에 쥐란 놈이 고양이를 잡아먹는 그런 해괴한 광경을 구경하게 될 것이라는 둥 하는 그런 유의 당신에 대한 험담 말입니다. 하지만 나는 세상 사람들이 뭐라든 간에 당신의 말씀대로 당신만을 믿고 묵묵히 나 할 일에만 열중하지 않았습니까. 소위 그 미북 관계에 있어서의 당신의 일방적인 승리만을 기다리면서 말입니다.

그런데 이게 뭐죠?

난데없이 그것들과 평화협정이라니요?

앞서도 말했지만 나는 사실 처음엔 그런 소문에 귀를 기울이지 않았습니다. 워낙 당치 않은 소문 같아서였습니다. 늘상 당신을 폄하하는데 이골이 난 어느 불량배들이 퍼뜨린 일종의 유언비어이겠거니만 생각했었습니다. 그런데 그게 아니더군요. 날이 지남에 따라 점점 그게 아니라는 사실이 객관적으로 확연해지자 나는 정말 정신이 아찔했습니다. 가슴이 무너져 내린다더니, 그런 말이 실감이 나더군요. 뭐 나를 배신해? 그런 생각이 들면서 당신에 대한 실망이 너무나 컸기 때문입니다. 철석같았던 멸공통일이란 신성한 명제가 일순간에 허물어지는 느낌이었으니 왜 그렇지 않았겠습니까. 아 내가 오죽 답답했으면 내가 하늘처럼 떠받들던 당신께 감히 이러한 항의조의 편지를 다 쓰겠다고 마음을 먹었겠나요. 솔직하게 말하면 나는 지금 나 스스로의 감정을 제어할 수 있는 힘을 잃은 것 같습니다. 뭔가 억울하고 분한 것이 모다 화가 되어 가슴속에서 부글부글 솟구치는 느낌이니깐요. 그래 그런가 당신에겐 아주 불경스런 얘기이긴 합니다만 그러나 지금 내 속마음 같아선 당장 당신의 멱살이라도 꽉 잡고 한번 다부지게 따져보고 싶은 심정이거든요. 뭐 평화협정을 하겠다구? 아니 우리들의 철천지원수인 북쪽의 그 빨갱이 패들과 평화협정을 하겠다구? 누구 맘대로? 아니 당신 미쳤어? 이런 식으로 말입니다. 사실 말이지 빨갱이 그것들과 당신이 평화협정을 한다면 도대체 어쩌자는 건가요. 결국엔 그것들과 친하게 지내겠다는 얘기가 아닙니까. 그러면 어떻게 되는 거죠? 그저 호시탐탐 남침만을 노리는, 그리하여 평화를 위협하는 가장 결정적인 장애물인 빨갱이 그것들과 평화협정을 맺는다면 당신의 처지는 어찌 되겠느냐 이 말씀입니다. 결국 이 땅을 떠나야 하는 처지로 전락하는 것이 아닌가요. 당신이 이 땅을 타

고 앉은 가장 당당한 명분이 그것들의 남침을 막아준다는 것
이었으니 말입니다. 전 세계에 천명한 당신의 그 당당한 명분
이 사라지게 되면 어쨌든 이 땅에서의 당신의 신세는 뻔하지
않습니까. 지금 당장 떠나진 않는다 하더라도 그래도 당신은
그 평화협정에 포박되어 이 코리아의 남북문제에 군사적으로
간섭할 수 있는 길이 꽉 막히게 될지도 모르겠으니 말입니다.
그러면 속된 말로 당신은 망하는 것이 아닙니까. 이 요새화된
사우스 코리아를 발판으로 해서 동방의 여러 나라를 품에 안
고 춤을 추려던 당신의 그 화려한 꿈도 속절없이 바람결에
흩어지고 말 테니 그것이 망하는 것이 아니고 무엇이겠습니
까. 세상에 이런 법은 없습니다. 그까짓 것들을 상대로 어이
없게 백기를 들다니요. 수백 년 동안 간난신고의 정신으로
공들여 쌓아온 유에스에이의 역사상엔 그렇듯 굴욕적인 패배
의 기록이 없습니다. 오로지 승리의 기록만이 있습니다. 당
신의 선조들은 단 한 번도 장애물 앞에서 망설이지 않았습니
다. 무자비 했습니다. 오로지 자기들 세상을 황금세상으로
만들기 위해 초지일관 황금에만 매달리어 네가 죽어야만 내
가 산다는 그들 특유의 그 서릿발 같은 율법에 항시 충실할

따름이었습니다. 당신은 그런 조상들 앞에서 부끄럽지도 않습니까.

생각하면 멀리 당신의 시조랄 수도 있는 그 크리스토퍼 콜럼버스란 분부터가 그 얼마나 황금만능의 사상을 후세에 심어주기 위해 혼신의 노력을 기울였는진 아마 당신이 더 잘 아실 것입니다. 애오라지 황금만 긁어모으면 천당에 가는 티켓도 얼마든지 구할 수 있다고 확신한 그는 1492년 가슴에 칼을 품고 미 대륙의 한 끝자락에 발을 내디디지 않았던가요. 그리고 그는 즉시 자신이 명명한 인디오란 이름의 원주민들을 돈벌이의 수단으로 그 도구로 만들기 위해 온갖 흉악한 짓도 다 마다하지 않았습니다. 그저 티끌만치라도 자신의 앞길에 방해가 된다고 생각되는 것들은 그 즉시로 짓밟아 버렸습니다. 무슨 흉한 벌레를 짓밟듯 말입니다. 목숨을 짓밟는 방법도 얼마나 다양했던지, 찢고 찌르고 태우고 던지고, 하여 사뭇 일종의 무슨 살인축제를 방불케 했다고 하질 않던가요.

하여튼 콜럼버스 일행에 의한 원주민 숙청작업이 얼마나 민첩하게 진행됐던지 그들 일행이 들이닥친 이후 불과 오륙 년도 못되어 당시 그곳에 살고 있던 원주민인 타이노족이며 아라와크족 등의 모습이 거의 다 보이지 않게 되었었다고들 하더군요. 글쎄 그 얼마나 그들에 의한 살인행위가 엄청나고 시끄러웠으면 그 흉흉한 소문이 멀리 유럽에까지 전파되어 결국 1498년, 콜럼버스를 열성적으로 지원하던 스페인의 왕실에서마저 더 견디질 못하고 그를 소환하기에까지 이르렀겠습니까. 그런저런 이유로 해선가, 지난 1992년 유엔에선 콜럼버스의 신대륙발견 오백 주년을 대대적으로 기념하려다가 어이없게도 당시 구사일생으로 살아남은 원주민들의 후예와 수많은 그들 지지자들이 벌떼처럼 일어나서 세상이 지금 얼마나 타락했으면 인권의 대명사처럼 되어있는 유엔에서마저 희대의 살인마인 콜럼버스를 다 기념하려 하느냐고 완강히 항의라는 바람에 그 계획을 취소하는 망신을 당하지 않았던가요. 하지만 황금제일주의의 그 빛나는 황금 깃발을 높이 쳐들고 헌신한 당신의 선조들이 어찌 콜럼버스 일행들뿐이었겠습니까. 미 대륙이 온통 다 황금땅이라는 소문이 세상에 퍼지자

유럽 각지에선 황금에 매료되어 온몸이 흔들리는 수많은 자들이 여기저기서 벌떡벌떡 일어나 바다 멀리 저 미 대륙으로, 미 대륙으로 하며 쏜살같이 내달리지 않았던가요. 그들의 눈에는 오로지 황금만이 밤낮없이 어릿거릴 뿐, 원주민은 다만 그들의 앞길을 훼방하는 장애물일 따름이었습니다. 돈벌이에 거치적거리는 장애물은 다 치워라, 이것이 대대로 내려오는 당신 가문의 냉엄한 가훈이 아니었던가요. 당신의 선조들은 이 가훈을 무조건 철저하게 실천했습니다. 그리하여 그들은 소위 그 신천지라는 미 대륙에 발을 내디딘 이후 불과 반세기도 못되어 수많은 세월 원주민들이 공들여 이루어놓은 그 유명한 잉카며 마야며 아스테카왕국의 그 문명을 그 문화를 그 종족을 거의 다 못쓰게 아주 뭉개버리지 않았습니까. 수수만년 전부터 미 대륙의 곳곳에 터를 잡고, 살인도 모르고 미움도 모르고 사고파는 것도 모르며 네 것 내 것도 없이 모다들 한집안 식구들처럼 오순도순 모여 앉아 오로지 눈부신 햇빛과 맑은 물 그리고 신선한 공기며 비옥한 땅을 선물하신 신의 은총에 보답하기 위해 쉼 없이 아름다운 신전을 쌓아올리며 춤추고 노래하던 그 신령스런 원주민들은 자기들이 왜 죽는지도 모르고 당신의 선조들에 의해 뭉텅뭉텅 죽어갔습니다. 당신의 선조들은 단 한 가지도 자기들과의 약속을 지킨 것이 없다고 울부짖으면서 죽어갔습니다. 어쩌면 당신의 선조들은 저마다가 다 살인의 달인이 되기 위해 그 살인술을 연마하기 위한 일종의 도구로서 원주민들의 목숨을 이용했는지도 모릅니다. 어쨌든 당신의 선조들은 황금을 찾기 위해 그 광대한 중남미 대륙과 북미 대륙을 샅샅이 다 뒤지는 과정에서 어떤 이는 최소한 이삼천만 명의 원주민이 희생되었다고 하는가 하면 어떤 이는 오천만 또 어떤 이는 칠천만 또 누구누구는 팔천만, 구천만 하고 모다들 제각각이라 그 정확한 수를 헤아리긴 어렵지만 그러나 인디언의 역사를 추적하는 한 연구자의 기록은 나에게 시사하는 바가 참 컸습니다. 이를테면 1570년도의 프랑스의 한 인구통계에 의하면 당시 잉카제국에 거주하는 원주민의 수가 약 천삼백만 명에 이르렀었다는데 그 후 오십 년이나 지난 1620년도의 인구통계에 따르면 그 수가 급감하여 불과 칠십여 만 명으로 주저앉았다고 하니, 생각하면 이러한 비극이 어찌 잉카제국에만 국한된 것이었겠습니까. 오죽하면 유에스에이에 소속된 마크 트웨인이란 한 작가는 자기나라의 국기인 성조기를 바라보며 저 성조기의 흰 부분엔 검은 칠을 해서 조의를 표하고 또 저 번쩍이는 별들 대신에 인디언들의 해골을 그려 넣어야만 어울릴 것 같다고 비아냥을 떨었겠네요. 그만큼 미제국주의 당신이 탄생하기까지의 그 밑바닥엔 정말 헤아릴 수도 없이 많은 인디언들의 시신이 겹겹으로 쌓여 있다는 사실은 아마 당신이 더 잘 아시리라 믿습니다. 그렇듯 당신의 선조들은 그들의 그 다함없는 욕망을, 그 황금 덩어리를 손에 넣기 위해선 그 무슨 짓을 하든 그것이 다 선이요, 정의라는 강자 특유의 율법에 충실했습니다. 그런저런 이유로 해선가 당신은 이제 명실공히 세계 최고가 아니신가요. 경제력도 최고고 군사력도 최곱니다. 당신 혼자서 쓰는 국방비만 봐도 이미 전 세계가 쓰는 국방비의 그 절반 수준을 넘어섰으며 또한 세계 도처엔 칠백여 곳이 넘는 당신의 군사기지가 최첨단 무기를 자랑하며 당신의 황금제일주의를, 민주주의니 자유니 인권이니 하는 이름으로 잘 지켜주고 있잖습니까. 게다가 당신이 멋대로 조종하는 NPT, IAEA, WTO, FTA, IMF, PSI, IBR, 등등의 국제적인 협정과 규약들이 사시사철 당신의 이익을 위해 봉사하고 있질 않은가요. 그러니 이제 누가 봐도 당신을 당할 자는 이 세상에 없습니다. 구약시대의 삼손도 신화 속의 제우스도 그의 아들 헤라클레스도 당신 앞에서는 아무것도 아닙니다. 그런데도 도대체 당신이 뭣이 겁이 나서 그까짓 빨갱이 패들 하나 제압하지 못해서 갈팡질팡하느냐 이 말씀입니다. 아니 좀 실수로 갈팡질팡할 수는 있다 하더라도 그래도 끝내 자신의 체신도 모르고 이제 와서 뭐 그것들과 평화협정을 하겠다구요. 이거 소가 웃을 노릇이 아닙니까. 그러니 내가 어찌 화가 나서 견딜 수가 있겠느냐구요. 믿는 도끼에 발등 찍힌다더니, 내가 오죽 분하고 억울하면 이렇게 몸이 떨리겠습니까. 제발 정신 좀 차리시라구요. 황금을 위해선 매사에 무자비했던 당신의 선조들이 지금 하늘에서 눈을 부릅뜨고 당신을 보고 있지 않습니까. 저런 게 다 내 후손인가 해서 말입니다.

미친놈.

아니 이게 무슨 소리야, 나보고 미친놈이라니, 누구지? 지금 이곳엔 편지를 쓰는 나 말곤 아무도 없는데.

에잇 미친놈,

아니 또? 이건 분명히 당신의 목소린데요. 이상하다. 이판에 당신의 목소리가 들리다니, 이게 혹시 당신과 나 사이를 비밀스럽게 왕래하는 그런 무슨 텔레파시라는 것 아닌가요. 초감각적인 지각의 한 형태로 작용하여 꼭 실제로 지금 일어난 일처럼 착각하게 한다는 그 텔레파시라나 뭐라나 하는 것 말입니다.

텔레파시 좋아한다 미친놈, 나야말로 참다못해 입을 열었다. 이놈아 남의 속도 모르고 그게 무슨 잡소리냐, 아이구 답답해. 그걸 다 편지라고 하다니.

네? 당신은 그럼 지금 내가 쓰고 있는 편지를 이미 나 보셨다는 건가요.

이놈아 보고 말고다. 왜 편지뿐이겠니, 네가 속으로 중얼거리는 소리까지 다 듣고 있다, 이놈아.

아니 어떻게요?

어떻게라니 이놈아 네 목구멍에도 네 귓구멍에도 그런 장칠 다 해놨어, 이놈아. 아, 그런 것도 모르는 놈이 북쪽의 빨갱이 머릿속을 네가 안다구? 미친놈.

아, 그러셨나요. 그럼 이제 편지 말고, 그냥 말로 해도 되겠는데요.

그럼 말로 하지 요새 누가 구질구질하게 편지질이더냐, 이 개명한 세상에 말이다. 미련한 놈.

아 참 그렇겠군요. 그럼 이제 말로 하겠습니다. 말로 말씀을 드려서 나의 이 분하고 억울한 심정이 풀리면 얼마나 좋겠습니까.

이놈아 정말 억울하고 분한 자는 네가 아니고 바로 나다 나엿!

넷?

넷은 무슨 넷이냐, 이판에. 얼른 내 가슴 좀 보란 말이다. 이 퍼렇게 멍이든 내 가슴 좀 봐.

가슴요? 안 보이는데요.

미련한 놈. 네 손바닥 중심에다 시선을 집중시키고 '국, 보, 법' 이렇게 소리쳐 봐.

'국, 보, 법.' 아 그러니까 보이는데요. 아주 환히 보이네요. 그런데 당신의 가슴이 왜 그렇게 멍이 들었죠?

이놈아 하도 뚜드려서 그렇다, 속이 상해서, 아 북쪽의 빨갱이 패들 그것들이 글쎄 시도 때도 없이 내 앞길을 탁탁 가로막고 나서니 이거 도무지 창피해서 어디 견디겠니, 응.

뭐라구요? 아, 당신이 누군데 빨갱이 그것들을 상대로 해서 견디니 못 견디니 하는 그런 소릴 다 하시다니요. 당신과 비교하면 그것들 파리만도 못한 존재가 아닙니까.

아 그러니 더욱 답답하다는 것 아니냐.

답답하긴요. 그냥 눈 딱 감고 밟아 버리면 그만일 텐데요.

글쎄 이놈아 밟고 또 밟아도 별 효과가 없으니 내 가슴이 이 지경이 된 게 아니겠니.

넷?

넷은 또 무슨 넷이냐, 이놈아 너 정신 차리고 잘 들어. 내 말을 사실대로 끝까지 다 듣고 나서 나한테 분풀이를 하든 화풀이를 하든 해야지 너 나한테까지도 네 맘대로 하기냐.

아니 내 맘대로라니요, 제가 어떻게.

그럼 잘 들어봐, 이놈아. 너 혹시 온몸이 피투성이가 되도록 실컷 얻어맞아 픽 쓸어졌던 놈이 말이다, 이제 죽었는가 싶던 그런 놈이 갑자기 벌떡 일어나는 것 봤니?

넷! 못 봤는데요.

못 봤다구? 난 봤다 이놈아, 봐도 여러 번 봤어.

어디서요?

어딘 어디겠니, 영화 같은 데서 말이다.

그런 건 나도 봤는데요.

암 봤겠지, 너라고 못 봤겠니. 보안관을 후려치고 달아나던 어느 악당이 말이다. 가슴에 머리에 배에 보안관이 쏜 여러 발의 총을 맞고 완전히 쓰러졌는데도 말이다. 보안관이 놈의 죽음을 확인하기 위해 접근하자, 아 느닷없이 벌떡 일어나는 그런 놈 너도 봤지?

네, 봤는데요.

벌떡 일어나가지고는 도리어 그놈이 보안관을 죽이겠다고 똑바른 자세로 저벅저벅 다가서는 모습 말이다. 너 그런 경우 몸이 부르르 떨리지 않던? 저것이 혹시 무슨 귀신인가, 괴물인가 해서 말이다.

하지만 영화 같은 데서야 별의별 해괴한 일이 다 일어나지 않던가요.

해괴한 일? 물론이지. 그런데 그런 해괴한 일이 영화 같은 데서가 아니고 바로 지금 내 눈앞에서 나를 상대로 해서 일어나고 있으니 이게 어디 보통일이겠냐, 이놈아.

넷! 뭐라구요? 당신한테 무슨 괴물이 나타난다구요? 그리고 그 괴물이 뭐 당신한테 덤빈다구요? 아니 그럴 리가, 이 밝은 세상에 괴물이라니요?

허 저런 놈 좀 봐. 북쪽의 그 빨갱이 패들 말이다. 넌 그게 괴물 같지 않던, 내 별의별 방법을 다 동원하여 놈들의 숨통을 틀어막고 또 막고 했는데도 아, 아무 일도 없었다는 듯이 벌떡벌떡 일어나는 그것들이 넌 괴물로 보이지 않더냐 이 말이다.

넷? 괴물도 괴물다워야 괴물이잖아요. 무슨 괴력이 있어야 괴물이 아니겠느냐 이 말씀입니다. 그것들 가진 것이라곤 기껏 주체니 선군이니 하는 그런 빈 깃발밖에 없는데 그게 어떻게 괴물 축에 들 수가 있느냐구요.

아 이놈아 그러니 더더욱 괴물 같아서 불안하단 말이다. 네놈 말대로 그것들 가진 것이란 '주체'니 '선군'이니 하는 것 말곤 아무것도 없는 빈털터리처럼 보이는데 말이다. 내가 그처럼 오랜 세월 필사적으로 그것들의 목을 짓눌렀는데도 아 글쎄 그것들이 무슨 재주로 벌떡 일어나선 도리어 나한테 주먹질을 하는 형국이니 그래도 그것들이 괴물이 아니란 말이냐, 응.

아니 뭐라구요? 필사적으로 목을 조이셨다구요?

암 필사적으로지. 너도 알다시피 내가 평생을 두고 북쪽의 빨갱이 그것들을 이 지구상에서 아주 싹 쓸어버리려고 얼마나 노력했냐. 내 힘으로 할 수 있는 일은 다 했어. 이놈아. 그 누구하고도 뭣하나 팔고 사지도 못하게 했지, 또 그 어디서든 돈 한 푼 물건 하나 제대로 드나들지도 못하게 꽉꽉 막아놨단 말이다. 말하자면 나의 휘하에 있는 모든 나라와의 경제협력이나 기술교류는 물론 일체의 무역활동도 못하게 문을 단단히 걸어매놨으니, 아 그것들이 정상적인 생명체라면 어떻게 지금까지 목숨을 부지할 수 있었겠느냐, 이 말이야. 아무도 모르는 절해고도에 홀로 내팽개쳐진 것 같은 그런 막다른 형편이었을 텐데 말이다.

아, 그래서 그것들이 지금 굶기를 밥 먹듯 한다고 하질 않던가요. 그것들의 유일한 재산인 주체니 선군이니 하는 것을 백날 떠들어도 아 거기에서 밥이 나오겠습니까, 떡이 나오겠습니까. 염려하지 마십시오. 이제 못 본 체하고 조금만 더 기다리면 그것들 허기져서 모다들 비틀거리다가 결국엔 더 견디질 못하고 당신한테 살려달라고 무릎을 꿇을 게 아니겠습니까.

맞다. 이놈아 네 말도 맞아. 나도 사실은 그렇게 생각했었다. 그래서 해마다 강도를 조금씩 높여서 그것들이 제일 싫어하는 제재와 봉쇄를 강화하게 되면 언젠가는 불현듯 내 품에 안길 거라고 말이다. 그런데 틀렸어, 이놈아.

넷?

불행하지만 틀렸다구. 아이구 답답해.

아니 또 가슴을 치시는군요.

우선 답답하니 이놈아 가슴밖에 칠 게 더 있더냐.

그럼 그것들이 그런 극악한 상황 속에서도 생존할 수 있는 무슨 특별한 비법이라도 있단 말인가요?

글쎄 그런 비법이 있는지 없는진 모르겠다만 하여튼 그것들 틀렸어. 너처럼 내 품에 기어들긴 틀렸단 말이다.

내 참. 왜 무슨 일이 있으셨던가요?

있었다, 이놈아, 아 그것들이 평상시와 달리 너무나 움직

임이 없이 잠잠하기에 말이다. 아 이것들 이제 더 견디질 못
하고 다 뺐었구나 싶어 내 그것들의 본거지를 엿보지 않았겠
니, 가슴을 두근거리면서 말이다.

가슴이 두근거렸다구요?

암 두근거리고말고다. 세상에서 내 말에 순종하지 않고 제
멋대로 놀아나려는 것들의 말로가 그 얼마나 비참한가 하는
사실을 증명하는 그 현장을 보게 되는 순간이었으니 얼마나
가슴이 두근거렸겠느냐.

그랬겠는데요.

그런데 아니었다. 정작 뺄을 뺄한 자는 나였어, 이놈아.

넷?

모다 팔팔하더란 말이다.

팔팔하다니요?

그것들 멀쩡하게 다 살아있더란 말엿.

넷, 살아있더라구요?

이놈아 살아 있을 뿐만 아니라 그것들 나를 보더니 여기저
기서 벌떡 일어나가지고는 저벅저벅 내게로 다가오는 것이
아니겠니, 양손에 무기를 들고 말이다.

넷 무기를요? 감히 그것들이, 권총 말입니까.

이놈아 권총이면 내가 그렇게 당황했겠니. 너 놀라지마, 핵무기였다.

넷! 그것들의 주제에요?

글쎄 그것들이 한 손엔 핵폭탄을 또 한 손엔 미사일을 들고 말이다. 모다들 눈을 부릅뜨고 저벅저벅 나를 향해 다가오는 것이 아니겠니, 괴물? 순간 나는 그것들이 괴물이란 생각밖에 없었다.

세상에 그럴 수가요. 혹시 그것들이 손에 들고 있었다는 무기가 다 가짜가 아니었던가요? 모조품 말입니다.

이놈아 내가 누군데 가짜와 진짜도 못 가린단 말이냐. 다 진품이었다, 이놈아. 미사일도 핵탄두도 다 진품이었어.

뭐 진품이었다구요?

허, 그렇다니까. 그런데 그것들이 그 무기를 들고 내 앞에 턱 버티고 서서는 막 으름장을 놓는 게 아니겠니.

아니 으름장이라니요. 감히 당신한테 으름장을요? 이건 뭐 쥐새끼가 고양이를 협박하는 꼴이잖아요.

말하자면 그런 꼴이었지, 내 참 기가 막혀서.

그것들이 뭐랬는데요?

글쎄 그것들이 나보고 말이다, 네가 하자는 대로 할 테니 전쟁이냐, 평화냐, 그 둘 중에서 네가 좋아하는 것을 얼른 선택하라고 막 몰아세우더란 말야, 이놈아.

아니 뭐라구요? 이건 완전히 주객이 전도된 게 아닌가요. 세상에 원 미제국주의 당신의 입에서 어떻게 그런 말 같지도 않은 말이 나오는 거죠? 당신 혹시 지금 무슨 꿈 얘기를 하시는 것 아닌가요. 꿈 얘기요.

글쎄다. 나도 사실은 꿈이길 바랐었지. 하지만 불행하게도 아니었어. 꿈이라기엔 너무도 생생하단 말이다.

아이구 그것들의 손에 핵무기가 쥐어지다니, 빌어먹을. 빌어먹을이고 자시고 정말 그렇다면 당신 그동안 뭘 한 거죠? 그것들 사전에 왜 박살을 내지 못했느냐구요. 당신에게 지금 없는 것이 뭐가 있고 도대체 못할 짓이 뭐가 있습니까. 거의 만능에 가까운 당신의 첩보기기들이 하늘에서 바다에서 땅에서 시시각각으로 지구를 겹겹으로 누비며 활동하고 있지 않습니까. 그러니 당신이 못 들을 말이 뭐가 있고 또 못 볼 물건이 뭐가 있습니까. 특히 그것들 빨갱이들의 둥지인 그 손바닥만 한 노우스 코리아쯤이야 정말 당신 스스로 손바닥 보듯 수시로 그 전모를, 그 전모의 움직임을 완전히 파악하고 있다고 하질 않았던가요. 그렇다면 왜 그것들이 핵물질을 만지작거리던 그 초기단계에 그걸 박살을 내지 못했느냐구요? 네!

글쎄 말이다. 맞다 이놈아, 네놈의 말이 백 번 맞아. 아이구 답답해, 아 그래서 이변이라는 게 아니냐. 그것들이 핵무기를 만든 게 이변이 아니라 내가 사전에 그걸 자세히 몰랐다는 게 이변이란 말이다. 너도 말했듯이 내 첩보망이 좀 치밀하고 광범위하냐. 지금 내 수중에서 눈을 부릅뜨고 있는 거대한 첩보기구만 해도 CIA, DIA, NRO, NSA, FBI 등등이 밤잠을 자지 않고 있다. 이놈아. 그에 관련된 내 휘하의 그 수도 없이 많은 첩보요원들이 지금 이 시각에도 노우스 코리아는 물론 세계의 요소요소를 샅샅히 다 뒤지고 있다는 사실은 너도 알겠지, 어디서 혹시 나를 모함하려는 세력이 나타날까 해서, 그걸 적발하려고 말이다. 아, 그자들이 첩보비로 쓰는 한 해 예산만도 오백억 불인지 일천억 불인지 도무지 나도 계산하기가 어려울 정도다 이놈아.

뭐 돈만 많이 쓰면 제일인가요. 무슨 실속이 있어야죠, 실속이.

아 이놈아 실속이 없었다면 내가 지금까지 어떻게 견뎠겠냐, 내가 이만큼 견디는 것도 다 내 첩보망 덕인줄 알아라.

그럼 왜 북쪽의 그까짓 것들 하나 제압하지 못해서 그렇게 쩔쩔매시는 거죠. 평화협정이니 뭐니 하는 그런 창피한 소릴 들으면서 말입니다. 그러니까 첩보요원들이 북쪽엔 얼씬도 못했다 이말 아닌가요?

허, 이놈 좀 봐. 아 너까지 날 약 올리기냐. 내가 북쪽에 얼마나 많은 첩보비를 처넣었는지는 너도 알 것 아니냐, 아이구 답답해. 아 그놈들이 말이다.

갑자기 그놈들이라니요?

갖가지 명함을 들고 북쪽에 들랑거리는 내 요원들 말이다. 아 그놈들이 북쪽에 다녀와서는 열이면 열 백이면 백이 다 똑같은 소릴 하는 것 아니겠니.

무슨 소린데요?

무슨 소린 무슨 소리겠니. 아 그놈들이 북에 가서 본 것은 주체니 선군이니 하는 그 뻘건 깃발뿐이고 또 그놈들이 북에 가서 들은 말이란 자기들에겐 선군이 제일이요, 주체가 제일이니 도대체 부러울 것이 없다는 말 뿐이었다는 게 아니냐.

그래서요?

그래서는 또 무슨 그래서냐. 하여튼 그래서 그놈들이 가지고 오는 첩보를 다 종합해보면 결국 북쪽의 땅 위엔 우리가 눈여겨볼 만한 별다른 것이 없고, 만약에 뭔가가 있다면 그것은 다 땅 밑에 있을 거라는 얘기였어 이놈아.

땅 밑에요?

그렇다, 그것도 아주 깊은 땅 밑에 말이다.

땅 밑이라면 그럼 땅굴 말이군요. 하여간에 땅굴이든 뭐든 그것들의 지하에 당신을 위협하는 뭔가가 확실히 있다면 아 그걸 그냥 둬서야 되겠습니까. 무슨 짓을 해서든 당장 끄집어내야죠.

야 이놈아 뭐라구, 뭐 땅굴, 너 무슨 말을 해도 좋지만 내 앞에선 제발 그 땅굴 소리만은 하지 말아라, 알았지? 내 그놈의 땅굴 때문에 온 세상 사람들의 면전에서 개망신을 당한 것 너도 알겠지? 불과 십여 년 전의 일인데 벌써 잊을 리야 있겠냐.

아, 그 북쪽에서의 금창리 땅굴 사건 말씀이시군요.

알긴 아는구나, 난 이놈아 지금도 금창리의 그 '금'자 소리만 들어도 속이 부글부글 끓는다. 너무 분하고 창피해서 말이다.

하지만 그땐 어쩔 수 없었잖아요.

암 어쩔 수 없었지. 넌 그래도 그때의 내 다급했던 사정을 알아주는구나. 글쎄 그때 내 주변의 그 내로라하는 특등 첩보 요원들이 금창리에서 커다란 땅굴 구멍을 하나 발견하고 말이다. 무슨 일이 있어도 그 구멍 속만은 꼭 들어가 봐야 한다는 것 아니겠니, 직접적으로 내 생사문제와 직결된 뭔가 그런 무서운 무기가 그 속에 틀림없이 들어 있을 거라고 서두르니 말이다. 그러니 낸들 어쩌겠니, 실은 겁도 나고 말이다. 그래서 나는 허겁지겁 북쪽의 그것들을 찾아가서는 체신도 없이 사뭇 몽니를 부리듯 제발 그 금창리의 땅굴만은 내가 좀 직접 볼 수 있게 해달라고 졸라댔더니 아 그것들이 무슨 큰 선심이라도 쓰듯 사정이 정 그렇다면 관람료를 내고 보라는 것 아니겠니.

관람료요? 아 참 그랬었지요. 그때 일억 불인가 이억 불인가를 지불하셨다고 하셨잖아요.

이놈아 이억 불이 뭐냐, 삼억 불이나 줬다. 아무래도 그때 내 눈에 뭐가 씌었지, 아 글쎄 억이라는 숫자가 왠지 십이니 백이니 하는 숫자보다도 하찮게 보이더란 말이다. 빌어먹을. 그 많은 돈을 주고도 그냥 휑하게 뚫린 빈 공간만 하나 보고 나왔으니 그때 내 꼴이 뭐가 되었겠니, 이놈아 낯을 들 수 없을 정도로 세상의 웃음거리였다, 웃음거리. 아이구 답답해. 내 그래서 말인데 말이다.

네? 무슨 말씀이신데요?

너 혹시 무슨 묘책이 없겠니?

넷! 갑자기 묘책이라니요?

북쪽의 빨갱이 그것들을 아주 소리 소문도 없이 감쪽같이 해치울 수 있는 그런 묘책 말이다.

아 전쟁 말씀이시군요. 그런 걸 내게 물으시면 어떻게 합니까. 그런 거야 당신이 최고 권위자가 아니신가요.

그래도 이놈아 적대분자를 제압하는 술수는 네가 나보다 한 수 위라는 평판도 있어.

원 별 과찬의 말씀을 다 하시네요. 나보고 좀 더 분발하라는 채찍으로 듣겠습니다. 좌우간 누가 뭐라 하든 지금까지 당신을 살찌우게 한 가장 믿을 만한 영양제는 역시 전쟁이 아니었나요. 오죽하면 세상 사람들이 전쟁, 하면 곧 당신을 연상하겠습니까. 당신이 탄생하신 그 이후의 전쟁은 대부분이 다 당신의 입김에 의해 발발했다고들 하거든요.

허, 숭한. 그럴 수가. 그래 어떤 자가 그따위 소릴 하던가 한번 말해봐라.

글쎄 어떤 자는요. 좀 멀리는 1861년의 남북전쟁도 실은 당신과 한 몸인 링컨 대통령의 계략에 의한 전쟁이었다는 설이 아직도 떠돌고 있구요. 또 어떤 자는요, 1940년의 일본군에 의한 진주만 공격도 실은 당신과 단짝인 루스벨트 대통령의 음모에 놀아난 결과라는 설이 자자하다고 하거든요. 그리고요.

그래, 그리고 또 뭐냐?

그리고 또 어이없게도 6·25니, 통킨만이니, 9·11이니, 이라크전이니 하는 것도 사실은 다 당신의 입김이 작용한 참사였다는 설이 아직도 유력하게 떠돌고 있잖습니까. 그리고 심지언.

심지언 또 뭐냐?

심지언 최근에 일어난 천안함의 참변도 당신의 음모가 묻어 있는 냄새가 난다고 여기저기서 수군거리는 것들이 꽤 있거든요.

아니 너.

넷?

아니 너 그런 허황한 소릴 하는 놈들을 아직도 그냥 놔뒀단 말이냐?

내가 누군데 왜 그냥 뒀겠습니까. 놈들의 아가리를 꽉꽉 틀어막아 놨는데도 아 자고나면 그런 놈들이 또 생기고 또 생기곤 하니 참 골칩니다요.

골치. 뭐 고걸 가지고 골치라고. 그만하면 너도 이제 내 사정을 어느 정돈 짐작할 수 있겠구나. 너도 알다시피 예나 이제나 이 지구상에서 무슨 일이 터지기만 하면 그저 예외 없이 온갖 잡것들이 나를 걸고넘어지려고 하니 말이다. 내가 어찌 골치뿐이었겠니, 이놈아 늘 온몸이 부서지는 느낌이었어.

온몸이요?

그래 온몸이다. 그래서 말인데 내 근래에 와서 아주 큰맘을 먹고 대결단을 내렸단 말이다.

넷? 무슨 대결단을요?

이제 앞으론 그 어느 놈도 감히 내 탓을 하지 못하겠끔 아주 교묘한 방법으로 북쪽의 그 빨갱이 패들을 일거에 해치우기 위한 그런 대결단을 말이다.

넷, 지금 그 말씀 정말이십니까. 이제 겨우 실토를 하시는군요. 진작 그렇게 하셨어야죠. 정말 고맙습니다. 솔직하게 말해서 지금 전 세계에서 아주 터놓고 노골적으로 당신한테 반기를 들고 대드는 것들은 북쪽의 그것들이 유일하잖습니까. 그것들에게 핵무기가 있으면 얼마나 있고 미사일이 있으면 얼마나 있겠습니까. 당신과 비교하면 다 새 발의 피가 아닌가요. 전 세계에 경종을 울리기 위해서라도 그것들 당장 해치워야 합니다. 그것들 그냥 두면 틀림없이 당신한테 대재앙이 닥칩니다. 아니 이미 닥치고 있습니다. 평화협정이니 뭐니 하는 것이 바로 그 대재앙의 시작이 아닌가요. 어서 그 당신의 대결단을 실천에 옮기십시오. 급합니다.

야야야 입 닥쳐, 이놈아, 급한 일이 너처럼 떠든다고 해결되냐. 미련한 놈. 나의 그 대결단을 실천에 옮긴 지는 이미 옛날이다 이놈아.

옛? 실천에 옮겼다구요? 어떻게요?

이놈아 쥐도 새도 모르게 최신식 연구소를 만들었어, 아주 거대한 대연구소를 말이다.

아니 뭣을 위한 연구소를요?

뭣을 위하다니, 북쪽의 그것들을 아주 순식간에 폭삭 망하게 할 수 있는 그런 방법을 연구하는 연구소 말이다.

넷!

놀라지마 이놈아. 내 휘하에 인재들이 좀 많으냐. 천재 수재 영재 귀재 소릴 듣는 학자들 만도 각계각층에 부지기수다 이놈아. 그리고 그 어렵다는 노벨상을 탄 인재들 만도 내 휘하에 삼백 명이 있는지 사백 명이 있는지도 헷갈릴 정도다.

아 그럼 그 많은 인재들이 다 그 연구소에 모였단 말씀인가요?

다는 왜 다냐, 그중에서도 고르고 골라서 한 이백여 명만이 수년간을 불철주야 연구에만 골몰했단 말이다. 이놈아.

아니 그까짓 북쪽의 빨갱이들에게 뭐가 있다고 뭘 그토록 연구한다는 거죠? 내 참.

내 참이 아니라 너 이놈 내가 누구냐. 너는 물론 누구나가 다 인정하는 세계 제일의 강자가 아니냐. 아 그러한 내가 말이다. 그것들을 반세기 이상이나 꽁꽁 묶어놓고 숨통을 조이고 또 조이고 했는데도 아 그것들이 죽기는 고사하고 아직까지 팔팔한 모습으로 평화냐, 전쟁이냐, 하면서 나한테 주먹을 흔든다면 그게 어디 보통 그냥 생명체냐, 괴물이 아니면 슈퍼맨이지.

뭐 슈퍼맨이라구요?

이놈아 슈퍼맨이든 괴물이든 뒈질 줄 모른다는 점에선 그게 그것 아니냐. 그런데 일설에 의하면 그것들을 모다 괴물 비슷한 슈퍼맨으로 만든 것은 어이없게도 그것들의 사회를 뒤덮고 있는 예의 그 '주체'니 '선군'이니 하는 구호가 조화를 부려서라는구나.

녯? 아니 그까짓 구호가 뭔데요. 그것들 눈만 뜨면 그저 신들린 듯 외쳐대는 것이 선군이니 주체니 하는 그 구호 아닌가요.

맞다 이놈아, 아 그래서 문제가 아니겠니. 아무래도 주체니 선군이니 하는 그 속에 뭔가가 있을 거라는 거야. 그래서 우리 연구소에선 아주 집중적으로 그에 대해서 연구를 계속했단 말이다. 말하자면 주체니 선군이니 하는 것의 그 형성 과정과 성장 과정을 면밀히 추적하면서 그것을 구성하고 있는 세포 하나하나의 성분과 작용을 규명해내기 위해 우리 연구원들이 너 얼마나 심혈을 기울였는지 알기나 하느냔 말이다.

그까짓 내가 알고 모르건 간에 그럼 그동안 무슨 성과가 있었느냐 이 말입니다. 주체니 선군이니 하는 그 정체를 밝혀낸 것이 뭐가 있느냐 이 말씀이지요.

이놈아 밝혀내고말고다. 이제 완전히 드러났어, 그 정체가 말이다.

넷, 드러났다구요? 그럼 그게 혹시 혹세무민하는 어느 부당이 중얼거리는 그런 무슨 주문 같은 것이 아니던가요.

이놈아 그랬으면 오죽 좋았겠니, 그런데 아니었어.

그럼 그게 뭐라던가요? 글쎄 그게, 글쎄 그게 뭐라더냐구요?

이놈아 글쎄 그게 도깨비방망이라는구나.

넷! 도깨비방망이라니요?

너 이놈 도깨비방망이도 모르느냐. 금 나와라 뚝딱딱 하면 금이 나오고 은 나와라 뚝딱딱 하면 은이 나온다는 그 도깨비방망이 말이다.

넷, 그렇다면 큰일인데요.

이놈아, 큰일이면 좀 큰일이냐. 특히 그 도깨비방망이의 세포 하나하나가 다 아주 질기디질긴 한으로 사무쳐 있더라는구나.

아니 한이라니요?

원한 말이다. 수수백 년 동안 주변 강대국들한테 예속되어 단 한 번도 제놈들 뜻대로 살아본 적이 없는 그 원한이 뭉치고 뭉쳐서 이젠 아주 금강석보다 더 단단해졌더라는 거야.

뭐 금강석보다요?

그렇다니까, 이놈아. 아 그래서 그런지 그것들의 그 주체니 선군이니 하는 구호가 세상이 떠들썩하게 들리면서부터 어쩐지 하늘과 같던 내 값어치가 조금씩 떨어지는 것 같은 느낌이 들더란 말이다.

값어치가요?

그렇다니까. 저 멀리 중동이니 아프리카니 중남미니 하는 데서는 물론, 심지언 그동안 내 수중에서 놀던 내 동맹국이라는 것들까지가 내가 뭐라고 하면 전처럼 고분고분하지가 않거든. 특히 나를 위해 내가 만들어 놓은 그 유엔이라는 데서까지도 감히 내 제안을 거부하는 사태까지 생기는 것이 아니겠니. 이게 다 내 짐작엔 북쪽의 그것들이 미제 망하라 하고 그 도깨비방망이를 뚜드려댄 탓이 아닌가 해서 이거 도무지 불안하여 잠도 제대로 못 잔단 말이다. 게다가 그것들이 요즘엔 나보고 뭐라는지 알겠니?

뭐라는데요?

글쎄 아 그것들이 이젠 핵융합 실험에 성공했다고 떠들더란 말이다. 그것도 다 도깨비방망이의 조화가 아니겠냐.

그까짓 핵융합요?

허, 이놈. 너 아주 핵에 대해선 백치구나. 만약 그것들이 핵융합 기술을 터득했다면 이건 정말 이 세상에 또 하나의 태양이 생기는 것과 같은 대사변이란 말이다. 내가 궁지에 몰리는 대사변이야.

뭐라구요? 이거 그럼 당신이 지금 이러고 있을 때가 아니잖습니까. 어서 행동을 하십시오. 우선 무슨 수를 쓰더라도 빨갱이 그것들이 가졌다는 도깨비방망이를 뺏어와야 되지 않겠습니까. 더 뚜드리지 못하게 말입니다.

네 생각이 고작 그거냐. 그러니까 사우스 코리아에 아직도 나를 비방하는 세력이 존재하지. 아 이놈아 금 나와라 뚝딱딱 하면 금이 나온다는 그 도깨비방망이만 있으면 대대손손 잘 살 수 있을 텐데 너 같으면 그걸 뺏기려 하겠니, 목숨을 걸고 지키려 하지.

아 그럼 어쩌죠? 사실 도깨비방망이는 하느님께서 제일 착한 자를 골라 천사나 선녀를 시켜 그에게 하사하기로 되어 있잖습니까. 그런데도 세상에서 가장 고약한 빨갱이 패들에게 그걸 주다니요.

아 이놈아 그러기에 요즘은 하느님께서도 눈이 삐었다는 게 아니냐.

넷! 뭐라구요? 하느님께서도 눈이 삐었다구요. 그럼 앞으로 누가 선과 악을 구별해주지요? 이건 정말 비상사탭니다. 초비상사태라구요. 당신 지금 이러고 있을 때가 아닙니다. 남의 눈치를 보며 주저하고 있을 때가 아니라구요. 북쪽의 빨갱이 그것들 지금이라도 당장 해치워야 합니다. 방망이를 뚜드릴 겨를도 주지 말고 아주 순식간에 말입니다. 당신의 실력이면 가능합니다. 너 죽고 나 죽자 하는 비장한 각오로 임하기만 하면 그까짓 것들 당신에겐 단 한 주먹감입니다. 어서 실천에 옮기십시오. 그럼 평화협정이니 뭐니 하는 그런 가당찮은 말도 싹 살아질 것이 아니겠습니까. 제 말씀의 요점은 바로 그거라니깐요.

요점 좋아한다, 빌어먹을 자식. 너 지금 뭐랬어? 뭐 너 죽고 나 죽자라구!

아니 전쟁에 임하자면 그런 각오가 필요한 것 아닌가요.

미친놈. 너 죽고 나 죽을 전쟁을 내가 왜 한단 말이냐. 내 평생엔 그런 전쟁이 없었다, 이놈아. 항시 너 죽고 나 살자였다. 알았니? 너 죽고 나 살자였단 말엿. 아 이놈아 그런데 적대관계 사이에서 너 죽고 나 살자 식의 전쟁이 영 어렵게 되었다면 넌 어떻게 하겠니? 그렇다고 너 살고 나 죽자 식의 전쟁은 절대로 선택할 수 없을 거고, 그렇다면 내가 가야 할 길은 뻔하지 않느냐 이말이다.

뻔하다구요?

암 뻔하구말구다. 아 누가 봐도 너도 살고 나도 사는 식의 전쟁을 택할 수밖에 다른 길이 없지 않느냐 이 말이다.

뭐라구요? 너도 살고 나도 살고 하는 식의 전쟁이 그게 어디 전쟁입니까, 협상이지.

아 이놈아 협상보다 더 어려운 전쟁이 어디 있냐. 그야말로 생사를 건 줄다리기다.

아무튼 협상을 하겠다는 것 아닌가요. 협상을 해서 평화협정으로 가겠다는 얘기가 아니냐구요.

너 이놈 평화협정 때문에 머리가 아주 돌겠구나. 아 평화협정이든 전쟁협정이든 그 길이 내가 사는 길이라면 너 같으면 어쩌겠냐. 한번 부딪쳐봐야지.

그럼 나는 어떻게 되는 거죠? 죽어도 같이 죽고 살아도 같이 살자던 나의 미래는 어떻게 되느냐구요?

아 이놈아 나의 미래도 모르는데 내가 어떻게 너의 미래까지 왈가왈부하겠어. 하여튼 요즘 세월이 하 수상하다니 너 몸조심 하거라. 나는 지금 너하고 이러고 있을 때가 아니다. 바쁘다, 아주 바빠. 나도 이제 내 살길을 어서 찾아봐야 될 게 아니겠니. 나도 이대로는 영 불안해서 못살겠다. 그것들이 언제 또 그걸 뚜드리며 무슨 짓을 할는지. 자 그럼.

아니 자 그럼이라니요. 당신 그럼 지금 어딜 가신다는 건가요? 나하고 할 말도 아직 다 끝나지 않았는데요. 아니 벌써 저기 가네, 저기. 아 여보세요. 하던 말이나 다 끝내고 가셔야죠. 아 여보세요, 여보세요. 어허 혼자서 그냥 가네. 저 혼자만 살려구 그러나. 아 여보세요 아니 저것 좀 봐. 저것 그냥 가네. 아니 저것 저것 영 상종 못 할 종자 아녓! 쯧쯧.

《실천문학》 2011년 봄호 (통권 101)

신사고

요즘 갑자기 나의 부친인 허허 선생에 대해 떠도는 말들이 그게 다 사실이라면 이건 정말 예사로운 변고가 아니었다. 해가 서쪽에서 뜰 일이었다. 그런데 어이없게도 해가 정말 서쪽에서 뜨려는가. 그에 대해 떠도는 말들이 실은 그게 다 그럴 만한 사실에 근거하고 있다는 증거들이 하나하나 드러나게 되면서부터 나는 적이 당황하지 않을 수 없었다.

　그렇잖아도 노상 정떨어지는 일만을 골라서 하는 것 같은 이 세상이 도대체 앞으로 이 이상 더 무슨 일을 저지르려고 나의 부친인 허허 선생마저 통일 통일, 하고 턱없이 통일을 다 외쳐대게 되었단 말인가. 평생을 통일과는 사뭇 천리만리나, 아니 하늘과 땅만치나, 아니 이승과 저승만치나 그렇게 멀리멀리 떨어져서 서로 간에 꼭 원수처럼 살아온 허허 선생의 형편에 말이다.

　원수.

　그렇다.

그는 정말 통일과는 전혀 타협의 여지가 없는 철천지원수처럼, 그저 뻔한 틈만 있으면 이를 갈듯 그는 언제나 통일을 향해 시퍼렇게 칼을 갈며 지내 온 사람이었다. 그리하여 그는 어디서 바스락 소리만 나도 촉각을 곤두세우는 최일선의 초병들처럼, 평시에 그는 어디서 통일 비슷한 소리만 흘러나와도 누가 자길 죽인다는 소리로만 들리는지 흠칫 놀라듯 하면서 거의 반사적으로 긴장하는 것이었다. 그리고 그는 서슴없이 칼을, 그렇다, 그는 그냥 마음속으로만이 아니고 그는 정말 실질적으로 그 퍼렇게 날이 선 칼을 빼어드는 것이었다.

일본도였다.

아, 그 보기만 해도 몸이 찌릿찌릿 움츠러드는 일본도. 항시 보석처럼 빛나는 빛을 발산하는 그 빛나는 일본도. 절대로 부러지거나 꾸부러지지 않는다는 그 단단한 일본도. 단칼에 사람의 목을 적어도 열 정도는 무난히 해치울 수 있다는 그 으스스한 일본도. 아 그 아름다운 칼집에, 그 손잡이에 일본 황실을 상징하는 기꾸노고몬쇼오(국화꽃 문장)가 순금으로 노랗게 아로새겨져 있는 그 환장할 일본도. 생각하면 허허 선생이 그 바쁜 일정 중에서도 하루에 한 번씩 꼭 그 안부를 확인해

봐야만 마음이 놓일 만큼 애지중지하는 우리 집의 그 가보 중의 가보인 일본도야말로 오늘날까지 허허 선생의 그 크나큰 영화를 담보해 준 가장 결정적인 담보물이 아닐 수 없었다. 그래 그런가, 허허 선생은 요즘에도 세상이 온통 자기 뜻대로 돌아가는 것 같아 마음이 더없이 흡족해질라치면 그는 도무지 잠시도 한곳에 좌정하질 못하고 이리저리 서성대다간, 아 느닷없이 만아, 만아, 하고 나를 부르는 것이었다. 미우니 고우니 해도 역시 이럴 때의 가장 만만한 상대는 그래도 피를 나눈 자식이라야만 제격이라고 판단했음인지, 부친은 이미 불혹의 나이에 접어든 나를 꼭 네댓 살짜리 어린아이 부르듯 "얘 만아, 만아" 하고, 세상이 떠나가라 하게 큰소리로 나를 부르는 것이었다.

가관이었다.

좌우간 허허 선생이 이렇게 감격에 겨워 자신의 사회적인 지위의 높이를 깜박 잊은 사람같이 까치발을 뜨고 고개까지 위로 발랑 제끼고는 "얘, 만아, 만아" 하고 채신없이 나를 부를라치면 우리 집은 온통 난리가 난 것 같이 순식간에 초비상이 걸리는 것이다. 늘 곁에서 수족처럼 대기하고 있는 그 수많은 비서들이, 경호원들이, 통신요원들이 혹시 부주의로 허허 선생의 분부를 잘 받들지 못할까 보아 모두들 허둥대기 시작하는 것이었다.

"뭐야, 뭐? 누굴 찾으신다구?"

"글쎄 나도 몰라. 누굴 찾으신다더라?"

"만을 부르신대잖아, 이 사람들아. 만을."

"뭐, 만을? 아니 만이 누구야?"

"정말 만이 누구더라?"

"허, 이 사람들. 만도 모르나? 허허 선생의 자제분 말일세. 허만 씨 말야."

"뭐, 허난 씨라? 아 참 그렇지. 자제분이지. 그런데 허허 선생이 자제분을 다 부르시다니, 이게 무슨 소리야?"

"정말 이게 무슨 소리야? 허허 선생이 자제분을 다 부르실 때도 있던가? 허만 씨와는 완전히 인연을 끊은 사이라면서? 아주 버린 자식이라고 말야. 안 그런가?"

"글쎄 말이야."

"하지만 어쩌다 부르실 때도 있다던데."

"뭐? 어쩌다 한 번씩 부르실 때도 있다구? 그럼 허만 씨한

테도 잘 보여야겠는데."

"그깟 것 잘 보이긴 뭐. 아주 버린 자식이라는데."

"그래두 사람의 일을 어찌 아는가. 요령껏 해야지."

"이 사람들 뭘 꾸물거리고 있어. 어서 찾으라니까, 어서."

"어서 허만 씨를 말입니까?"

"글쎄 그렇다니까. 어서 허만 씨를 대령시키라는 분부 아닌가. 알겠나? 어서, 어서."

순간 집안 요소요소에 부착되어 있는 스피커에서 "얘 만아, 만아" 하고 또 한 번 급한 목소리로 직접 아드님을 부르시는 허허 선생의 목소리가 집안 가득히 울려 퍼지고 보면 그의 휘하에서 기생하고 있는 그의 수많은 휘하 인생들의 발등엔 그야말로 불똥이 떨어지는 것이다. 아잇 뜨거, 뜨거, 이리 뛰고 저리 뛰는 사람. 저리 날고 이리 나는 사람. 만, 만을 찾아라, 만을 찾아라 하고, 만을 찾으려는 갖가지 형태의 통신기기들이 아우성을 치는 가운데 결국 만을 호출하는 다급한 목소리는 음파가 되고 전파가 되어 삽시간에 온 천지를 뒤덮는 것이었다. 그렇게 되면 나는 물론 독 안에 든 쥐였다. 집 안에 있건 집 밖에 있건 사정은 마찬가지였다. 나는 언제나 순식간에 그들이 쳐놓은 그 촘촘한 수색망에 걸려들게 마련이었다. 그들은 어찌나 정신없이 설쳐대는지 개중엔 허겁지겁 나를 찾아 헤매다가 집 안에서 나와 딱 눈이 마주쳤는데도 나를 보고,

"허, 허만 씨를 찾습니다. 혹시 허만 씨를 보셨습니까? 아드님 말입니다. 큰일 났습니다."

그리고는 황망한 동작으로 그냥 나를 슬쩍 지나칠 듯하다가는 급기야 내가 바로 허만이란 사실을 생각해 냈는지, 한참이나 숨을 죽이고 나를 홀린 듯이 쳐다보다가는 느닷없이 "아, 찾았다" 하고 사뭇 감격적인 환성을 올리는 것이었다. 자자손손 영원히 팔자를 고치기 위해 평생을 두고 찾아 헤매던 무슨 보물단지를 이제야 겨우 찾아낸 것 같은 그런 격한 모습이었다.

"야, 찾았다, 찾았다."

이렇게 나를 찾았다는 소리가 흡사 구세주의 복음처럼 멀리 멀리까지 힘차게 퍼져 나가게 되면 제가끔 나를 찾던 사람들이 산지사방에서 우르르 몰려들게 마련이었다. 그리고 가쁜 숨소리와 함께 탐닉하듯 나를 바라보는 아, 그 탐욕스러운

인간들의 눈, 눈. 나는 그 사람을 빨아들일 것 같은 수많은 눈동자들에 둘러싸여 나는 정말 보물단지가 되어 버렸는지, 그들은 흡사 보물단지를 다루듯 나를 그렇게 조심스럽게 호위하여, 부친 앞으로 운반하는 것이었다. 지하 십 미터, 아니 지하 백 미터, 이백 미터, 나는 호화로운 승강기에 실려 한정 없이 자꾸만 땅 밑으로 내려가는 것이다. 도대체 얼마를 더 내려가야만, 허허 선생이 애용하는 그 현란한 지하궁전에 도달할 것인가. 혹시 천 길 만 길 낭떠러지 밑에 있을지도 모르는 아수라의 지옥이라는 데가, 아니 아미타불의 극락이라는 데가 이렇게 멀고 먼 곳인가 싶게 나는 눈을 꼭 감고 꿈결처럼 밑으로 계속 하강하다 보면 나는 드디어 나도 모르는 사이, 정말 극락과도 같이 찬연한 허허 선생의 밀실로 통하는 그 거대한 출입문 앞에 다다르게 마련이었다. 하지만 섭섭하게도 문이 어디 있는가. 눈앞을 가로막고 있는 것은 절벽, 바로 절벽이었다. 현기증이 날 정도로 까마득하게 깎아지른 절벽 앞에서 나는 태산과 같은 무게가 가하는 중압감을 느끼는 것이다. 답답했다. 도무지 아무리 기다려도 영원히 열릴 것 같지 않은 이 거대한 절벽 앞에서 나는 일종의 공포증마저 느끼는 것이다. 무서웠다. 그런데 이렇듯 무서움만을 자아내게 하는 이 깎아지른 암벽이, 허허 선생의 말씀 한마디면 문이 스르르 열린다니 그야말로 장관이 아닐 수 없었다. 태초에 빛이 있으라 하니 빛이 있었고, 어둠이 있으라 하니 어둠이 있었다던가. 그저 허허 선생의 말씀 한마디면 흡사 천지개벽을 하듯 앞을 탁 가로막은 이 거대한 암벽이 조금도 맥을 못 추고 문이 되어 스르르 열리는 것이다. 아, 희한한. 귀신이 곡할 노릇이라던가. 탓으로 나는 본의건 타의건 간에 우리 집의 이 깊고 깊은 곳에 위치한 지하궁전의 출입문 앞에 설 때마다 이 문이 처음 열리던 날의 그 감격적인 환성을 잊을 수가 없는 것이다. 나는 참말이지 적어도 인두겁을 썼다고 하는 한 인간이 그렇게까지 앞뒤를 가리지 않고 좋아 날뛰는 꼴을 본 일이 없으니까 말이다.

가히 가관이었다.

그러니까 벌써 십여 년 전이던가.

나의 부친인 허허 선생이 어디 가서 누구한테 무슨 말을 듣고 와서 그런 엄청난 발상을 하게 되었는지 모르지만 어쨌든 허허 선생은 통일문제가 민중 사이에 중요한 관심사로 등장하기 시작하자 그는 그렇게도 견고한 대저택에 살면서도 그래도 그것이 지상에 존재하는 한은 자신의 신변에 대한 안전을 보장받을 수 없다고 판단했음인지, 그는 땅속에 눈독을 들이고 쥐도 새도 모르게 땅속을 파들어 가기 시작한 모양이었다. 어찌나 철저한 보안조치 속에서 비밀리에 공사를 진행시켰던지 그의 아들인 나조차도 우리 집의 땅 밑에서 지금 대역사大役事가 진행되고 있다는 사실을 전혀 눈치챌 수가 없었을 정도였으니 말이다. 그리하여 나도 역시 이 지하궁전의 준공식에 극히 제한적으로만 초청된 몇몇 인사들과 마찬가지로 준공식 당일 날에 와서야 겨우 이 어마어마한 지하궁전의 존재를 확인하고 가슴이 써늘해짐을 금할 수 없었던 것이다. 이게 도무지 사람의 짓인가 귀신의 짓인가. 뭔가 금세기 초유의 대창조물을 보는 것 같은 눈앞의 이 경이적인 구조물 앞에서 내빈들은 너나없이 다 눈이 휘둥그레지고 있었다. 에이 재벌의 총수도, 일본의 히노마루 재벌 제이세란 자도, 금융계의 왕초도, 어느 나라 대사도, 한 미군 장성도, 정계의 한 실력자도, 입을 딱 벌린 채로 손에 땀을 쥐고 있었다. 그중에서도 그들은 특히 앞을 탁 가로막은 예의 그 깎아지른 암벽이 문門이 되어 준다는 사실에 놀라움을 금할 수 없는 모양이었다.

"아니 이 암벽이, 아니 이 절벽이 출입문이라구요?"

"그렇습니다."

"천연 암벽입니까?"

"물론입니다. 우리는 땅속에 있는 이 천연 암벽을 그대로 살려 문을 만들었습니다. 그러니 누가 이곳에 문이 있으려니 생각하겠습니까? 하하히. 자, 그럼 제가 한번 열어 보이겠습니다."

부친은 신이 난 어조로 말했다.

순간 침묵이 흘렀다. 목에 침이 마르는지 여기저기에서 입맛 다시는 소리만이 조심스럽게 들려 왔다. 튕기면 팽하고 끊어질 것 같이 팽팽하게 긴장된 시선들이 암벽에, 그리고 허허 선생의 일거일동에 집중되고 있었다.

"이 문을 관리하는 컴퓨터에 제 음성을 입력시켜 놨기 때문에 제 목소리가 아니면 절대로 문이 열리지 않습니다."

나도 숨을 죽였다. 내 손에도 땀이 번지고 있는 것 같았다.

"그럼 자, 보십시오."

그리고 허허 선생이 흡사 무슨 주문을 외우듯 뭔지 알 수 없는 말로 몇 마디 중얼거리자, 아 정말 문이, 그 암벽이, 그 절벽이 소리도 없이 스르르 열리는 것이 아닌가. 흡사 중생대의 공룡 같은 무슨 거대한 괴물이 커다랗게 입을 열듯 그렇게 그 단단한 암벽이 슬며시 입을 열자, 순간 내빈들의 입에서는 일제히 함성이 터져 오르는 것이었다. 오래 억눌렸던 민중의 분노가, 아니 분수가 분출하듯 그렇게 힘찬 함성이 장내에 가득 부풀어 오르자 허허 선생은 이제 이 이상 더 기쁨을 참을 수가 없다는 듯이 상기된 표정으로 일행을 한번 휘둘러보더니 밑도 끝도 없이, "여러분, 이제 우린 살았습니다. 아, 이제 우린 살았습니다." 하고 사뭇 흥분된 어조로 부르짖듯 하는 것이었다. 난데없이 이젠 우린 살았다니, 이게 대체 무슨 소린가.

"살았다구요?"

"아니 이제 살았다구요?"

손님들이 모두들 서로의 얼굴을 살피며 어리둥절해 하자, 그런데 바로 그때였다. 이번 차례는 당연히 내 차례란 식의 재빠른 동작으로 허허 선생 곁에 끼어드는 자가 있었다. 토머스란 자였다. 주한 미국인 중에서도 미 정부의 의사를 가장 잘 대변한다고 늘 뽐내는 자였다. 그는 그 큰 거구를 뒤뚱거리면서 사람들의 틈을 헤치고 부친 곁에 바싹 다가서더니 댓바람에 "맞았습니다. 허허 선생 말씀이 맞았습니다. 이제 여러분들은 살았습니다. 영원히 살았습니다." 하고 그도 부친처럼 신바람 나는 어투로 부르짖듯 하는 것이었다.

　"영원히 살았다구요?"

　누군가가 급한 발음으로 물었다.

　"그렇습니다. 아주 영원, 영원합니다. 우리 미국이 보증합니다. 이 지하궁전의 모든 시설물은 우리 미국이 이미 실험을 끝냈습니다. 아셨습니까? 실험 결과는 만, 만점입니다. 이 지구상에선 이 지하궁전보다 더 안전한 인간의 안식처는 없습니다. 이제 땅 위에선 무슨 일이 일어나도 걱정 없습니다. 정말입니다. 우리가 여러분 나라에 갖다 놓은 그 많은 핵폭탄이 꽝 하고 한꺼번에 다 터져도 이곳만은 절대로 안전합니다. 아셨습니까?"

"아니, 정, 정말입니까?"

"누군가가 또 숨 가쁘게 물었다.

그 큰 거구는 몸집에 비하여 너무나 작아 보이는 그 노오란 눈을 연방 찡긋거리면서 말을 이어나갔다.

"물론 정, 정말입니다. 설령 핵전쟁이 일어난다 해도 이곳만은 안전지댑니다. 그 어떠한 핵도, 핵의 방사능도 이곳만은 범할 수 없습니다. 사실은 핵뿐이 아니라, 제아무리 작은 그 어떠한 형태의 세균도, 바이러스도 이 지하궁전만은 침범할 수 없습니다. 여러분 그뿐만이 아닙니다."

모두들 숨을 죽였다.

아, 숨 막히는 이 정적.

그뿐만이 아니라면 그럼 또 무엇이 어떻단 말인가. 나도 덩달아 가슴이 조여 왔다. 하지만 토머스는 누굴 약 올리려고 그러는가 말을 얼른 이어가질 않고 공연히 어깨를 추썩거리기도 하고, 이 사람 저 사람을 쳐다보며 눈을 찡긋찡긋 감아 보이기도 하면서 유유자적이었다.

"아니, 그뿐만이 아니라면서요?"

어느 자발없는 인사가 참다못해 뭔가 애원하듯 재촉했다. 토머스는 아주 으스대듯 하는 태도로 말을 이었다.

"그뿐만이 아니고 빨갱이들이 말입니다."

"빨갱이들요?"

"네, 그렇습니다. 주제넘게 세상이 어떻고 어떻다고 떠들면서 우리들의 이 좋은 세상을 망치려 드는 소위 그 불온분자들 말입니다. 그저 찍 하면 자주니, 민주니, 노조니, 통일이니, 개나발이니 해 싸며 밤낮없이 떼 지어 몰려다니면서 여러분들한테 주먹질이나 일삼는 그따위 천하에 못된 순 불한당 같은 놈들 말입니다. 그런데 제 말씀은 설령 놈들의 세력이 커질 대로 커져서 세상을 완전히 장악하는 일이 생긴다고 하더라도 말입니다. 제깐 놈들의 주제에 이 지하궁전이야 어써겠냐, 이 말씀입니다. 안 그렇습니까? 설령 또 놈들이 이곳까지 쳐들어온들, 이 거대한 절벽 앞에서 놈들에게 무슨 용빼는 재주가 있겠습니까? 닭 쫓던 개꼴이 되겠지요. 하하하."

"하하하. 닭 쫓던 개꼴요?"

"그렇습니다. 그러나 설령 놈들이 이 암벽을 뚫고 안에 들어온들 무슨 소용이 있겠습니까?"

"네? 그래도 소용이 없다구요?"

"물론입니다. 미안하지만 이 지하궁전엔 항시 탈출로가 비밀스럽게 준비되어 있거든요. 침실에 들어가 단추 하나만 누르면 그 침실 자체가 전동차가 되어 그냥 일사천리로 그 비밀통로를 따라 내달리게 되어 있거든요. 하하하. 그런데 여러분, 그 비밀통로가 어디와 연결되어 있는질 아십니까? 바로 핵무기로 완전 무장한 우리 미군기지로 연결되어 있답니다. 아셨습니까? 그리고 우리 미군기지엔 항시 하늘로 붕 떠오를 수 있는 비행기가 수많이 대기하고 있다는 건 다들 아시겠지요. 여러분들은 그저 이 비행기에 타시기만 하면 됩니다. 그러면 또 놈들은 닭 쫓던 개 신세가 아니겠습니까?"

그리고 토머스가 고개를 뒤로 젖히면서 하하하, 하고 통쾌하게 너털웃음을 치자, 내빈들 속에서도 일제히 와아 하는 환성이 터져 나왔다. 너무나 기뻐 어쩔 줄 모르겠다는 몸짓들이었다. 그러나 토머스는 더욱 신이 난 말씨로 말했다.

"탓으로 이 지하궁전은 여러분들의 생존을 위한, 말하자면 모델하우습니다. 잘 보아 두십시오. 여러분들도 이제 허허 선생의 뒤를 이어 이런 지하궁전만 마련하게 되면 만사는 오케

이입니다. 여러분들은 그야말로 이 세상에선 무서울 것이 없는 가장 무서운 사람이 되는 겁니다. 말하자면 왕 중 왕이 되는 셈이지요, 아셨습니까? 이제 맘 놓고 영원무궁토록 여러분들의 인생관대로 가능한 한 남의 몫까지 실컷 처먹고 실컷 마시고 실컷 계집질을 하십시오. 그리고 주먹질을 하는 놈들은 닥치는 대로 다 잡아 가두거나 두들겨 패거나, 아니면 아주 숨통을 막아 버린들 무슨 후환이 있겠습니까? 걱정하지 마십시오. 여러분들에게 총이 없습니까, 칼이 없습니까? 귀에 걸면 귀걸이, 코에 걸면 코걸이 식의 법이 없습니까? 아, 어느 놈이 감히 미군기지와 연결된 이 깊고 깊은 지하궁전을 범할 자가 있겠느냐 이 말씀입니다. 절대 안전합니다. 이제 이 지상의 복락은 영원히 몽땅 여러분들의 몫입니다."

이렇게 말하고 토머스가 갑자기 두 손을 번쩍 치켜 올리면서 "만세, 만세, 만세" 하고 힘차게 만세를 외쳐대자, 그때 내빈들의 표정은 완전히 흥분과 환희의 도가니로 빠져드는 느낌이었다. 기쁨에 겨워 떨리는 음성으로 토머스를 따라 연거푸 만세를 부르는 사람, 서로 얼싸안고 볼을 비비는 사람, 너무나 좋아 부들부들 떠는 사람, 눈물을 글썽이며 괴성을 지르는 사람, 제자리에서 팔팔 뛰는 사람, 나는 도대체 지금까지 나잇살이나 자신 분들이 그렇게나 자기감정을 제어하지 못하고, 감정이 뻗치는 대로 그냥 내버려둔 상태를 본 일이 없는 것이다.

그리하여 나는 허허 선생의 전용 거처로 통하는 그 장엄한 암벽 앞에 설 때마다 가슴이 두근거리는 것이다. 그 암벽이 처음 열리던 날의 그 이성을 잃은 듯한 다함 없는 함성이 아직도 귓가에 쟁쟁하기 때문이었다. 그 후 허허 선생은 지구상에서 가장 안전하다는 그 지하궁전에 매료된 탓인지 사회적으로 극히 중요한 사안이 아닌 이상은 가능한 한 외출을 삼가하고 하루의 대부분을 지하 거실에서 흡사 칩룡蟄龍처럼, 아니 칩수蟄獸처럼 칩복蟄伏하고 있는 것이다. 그러다가 그는 아까도 말했지만, 세상이 자기 뜻대로 돌아간다고 생각하게 되면 그는 하늘로 붕 떠오를 것 같이 들뜬 마음을 진정시키기 위해선가, 허겁지겁 자식인 나를 부르는 것이었다. 만아,

만아, 하고 아주 큰소리로 애절하게 부르는 것이다. 그의 부르심을 받든 충성스런 그의 예하 인간들에 이끌려 깊고 깊은 그의 지하 거실에 당도하고 보면 부친은 번번이 무엇이 그렇게 좋은지 혼자서 희희낙락해 하면서 예의 그 일본도를 들고 덩실덩실 춤을 추고 있었다. 얼씨구 좋네, 절씨구 좋아. 수많은 보석이 달린 황홀한 샹들리에 불빛 밑에서 더욱 그 형태가 돋보이는 일본도와 함께 흥겹게 춤을 추다가 부친은 나와 만나는 것이다. 아직 춤의 여파가 온몸에 흐르고 있어선가, 부친은 꼭 건달처럼 몸을 건들건들 흔들면서 나를 맞는 것이었다. 한 나라의 정계와 재계를 좌지우지한다는 사람으로서의 위엄은 고사하고 도대체가 자식을 둔 한 어버이로서의 평범한 위신마저 깡그리 저버린 것 같은 부친의 허허한 모습 앞에서 나는 왠지 좀 서글픔을 느끼는 것이다.

"아버님, 저를 부르셨습니까?"

"불렀다 이놈아. 목이 쉬도록 불렀다 이놈아."

그리고 부친은 내가 뭐라고 더 말할 여유도 주지 않고 내게 얼른 그 일본도를 넘겨주는 것이 아닌가. 아, 황송한, 나는 깜짝 놀랐다.

"아니, 아버님. 이걸 왜 제게요?"

하지만 부친은 나의 물음엔 아무런 반응이 없이, "잔소리 말고 너 이놈. 자, 이렇게 두 손으로 아주 조심스럽게 이 칼 좀 들고 서 있으라, 이 말이다. 알아듣겠느냐?" 하고 일방적으로 명령조의 말씀만 하셨다. 불문곡직하고 넌 그저 이 애비가 시키는 대로 하기만 하면 된다는 그런 태도였다. 나는 엉겁결에 부친이 주는 대로 일본도를 받아 들긴 했지만 그래도 영 영문을 알 수 없어 답답한 심정이었다. 부친은 또 일방적으로 말씀하셨다.

"미우니 고우니 해도 그래도 이런 때는 자식인 네가 제일인가 보다. 너하고 나하고야 무슨 흉허물이 있겠느냐? 역시 내겐 네가 제일 만만하다, 이 말이로다. 설령 내가 기쁨에 겨워 이곳에서 무슨 짓을 한들, 너야 날 어쩌겠느냐, 이 말이다. 그런즉 너 잠시만 내 앞에서 일본 천황 노릇 좀 해줘야겠어. 알아듣겠느냐?"

"네?"

난데없이 이게 무슨 말인가. 나는 그냥 멍한 표정으로 부친을 바라볼 수밖에 없었다.

"잠시만 덴노헤이까天皇陛下 노릇 좀 해 달라 이 말이다. 오늘같이 좋은 날 직접 덴노헤이까한테서 이 일본도를 받아 들 때의 그 기쁨, 그 감격, 그 설레임을 다시 한 번 맛보고 싶어서야. 알겠느냐? 그런즉 어렵게 생각할 필요 없다. 아주 쉬운 일이야, 하하하."

역시 허허 선생다운 발상이었다. 나는 어이가 없었다.

"아주 쉬운 일이라구요, 아버님?"

"아, 쉽고말고다, 이놈아. 넌 그저 근엄한 자세로 잔잔히 미소를 지으면서 이 일본도를 내게 넘겨만 주면 되는 거야. 알겠느냐? 생각하면 네 애비가 누리고 있는 오늘날의 영광이 다 이 일본도 때문이란 사실을 너도 알긴 알잖겠느냐, 이놈아."

물론 잘 알고말고요. 골백번도 더 들어서 잘 안다. 부친은 일제 시 일경의 첩자 노릇을 하고 있을 때 조선의 독립운동을 위한 중요한 지하조직을 열 개 이상이나 적발해 낸 공로를 크게 인정받아 그 부상으로 예의 그 일본도를 일본 천황한테서 직접 받았다는 것이다. 그런데 그 후 팔일오 해방이 되자, 불행하게도 부친을 향해 노도처럼 달려오는 몽둥이들,

큰 몽둥이 작은 몽둥이 아, 그 몽둥이들의 아우성, 그 아우성을 치는 몽둥이들에 둘러싸여 정말 생사를 가늠할 수 없게 된 그 절박한 상황하에서도 부친은 용케도 예의 그 일본도만은 품에서 놓치지 않고, 아 그 일본도와 함께 야음을 타서 필사의 도주를 시작했다는 것이다. 도대체 얼마를 달려서 어디쯤 왔을까. 부친은 꿈인지 생신지 잘 분별할 수 없는 상태에서 누가 엉덩짝을 툭툭 치는 바람에 눈을 번쩍 떴다는 것이다. 그랬더니 바로 눈앞에 여러 명의 코 큰 미군들이 보였는데, 그중에서도 지휘봉을 든 한 장승 같은 미군이 그 기다란 지휘봉으로 부친의 엉덩짝을 꾹꾹 찌르고 있더라는 것이다. 부친은 벌떡 일어나서 거의 본능적으로 무릎을 꿇고 손을 싹싹 비볐다.

"이거 뭡니까?"

미군은 부친의 품에서 칼을 뺏어 들고 물었다.

"일본돕니다."

부친은 통역을 통해서 말했다.

"뭐, 일본도? 이거 어디서 났소?"

"일본 천황한테서 직접 받았습니다."

"뭐라구?"

그들은 눈이 휘둥그레졌다.

"정말요?"

"정말입니다. 제가 후떼이 센징不逞鮮人을 수백 명이나 잡아넣은 공로로 말입니다."

"후떼이 센징이라니요?"

"조선의 불령분자들 말입니다. 법과 질서를 어기고 나라를 시끄럽게 하는 그 못된 자들 말입니다. 그런 자들을 수없이 잡아들인 공로가 나의 모범이 된다 하여 일황께서 친히 나를 궁성으로 불러다가 그 상으로 이 일본도를 하사하셨습니다. 정말입니다. 자, 이 칼집을 보십시오. 기꾸노고몬쇼오가 조각되어 있질 않습니까. 그리고 이 칼자루엔 제 이름까지 새겨져 있습니다. 보십시오. 허허라구요. 허허가 바로 제 이름입니다. 정말입니다."

"아, 그래요. 어디 좀 봅시다. 아, 그렇군요. 미스터 허허라. 하하하, 맞습니다. 당신 참 훌륭한 분이시군요. 그런데 당신같이 이렇게 훌륭한 분이 어떡하다 그만 길바닥에서 잠이 드셨습니까? 참 큰일 날 뻔했습니다."

지휘봉을 든 미군은 정말 부친이 어디 다친 데는 없나 해서 부친의 몸을 여기저기 세심하게 살펴보더라는 것이다.

"크게 다친 데는 없으시군요. 다행입니다. 그런데 정말 어쩌다가 이렇게 되셨습니까?"

"놈들이 몽둥이를 들고 날 막 죽이겠다고 해서 말입니다."

부친은 좀 울먹이는 목소리로 뭔가 억울한 것을 호소하듯 말했다.

"아니 누가요? 미스터 허허같이 훌륭한 사람을 죽이겠다구요? 세상에 원 이럴 수가."

순간, 그는 민첩하게 권총을 빼들고는 탕, 탕, 하고 허공에다 대고 연거푸 쏘아댔다. 그리고는,

"어떤 놈들입니까? 그놈이."

의분에 찬 노한 표정으로 물었다.

"동네 사람들이 말입니다. 날 막 친일파라고 말입니다."

"뭐, 동네 사람들이오? 우리가 그놈들 응징하겠습니다. 우리 미군정이 친일파 죽이라고 안 했습니다. 안심하십시오. 지금 이 나라는 미스터 허허같이 훌륭한 분, 많이많이 필요합니다. 아셨습니까?"

"아니 저 같은 사람이 필요하다구요?"

부친은 그때 정신이 번쩍 나더라는 것이다.

"저 같은 사람이라니요? 아니 일본 천황한테서 직접 상을 받은 미스터 허허 같은 분이 어디 그리 흔합니까? 미스터 허허 같은 분이야말로 앞으로 이 나라의 기둥감입니다. 일본 시대 허허 씨가 훌륭한 일 많이 한 것처럼, 우리 미국 시대엔 더욱 훌륭한 일 많이많이 해야 합니다. 우리 미군정이 정한 법과 질서를 어기는 불령분자들, 이 나라에 지금 참 많습니다. 남북이 통일정부를 세우자는 놈들, 단독정부를 반대하는 놈들, 친일파 벌주자는 놈들, 미군 나가라는 놈들, 노조 만들자는 놈들, 지주 나쁘다는 놈들, 배고프다고 떠드는 놈들, 노동자가 나라의 주인이라는 놈들, 이놈들이 다 우리 미군정의 법을 어기는 불령분자들입니다. 말하자면 빨갱이들이지요. 이런 놈들 그냥 두면 허허 씨 같은 훌륭한 분들 큰일 납니다. 다 죽습니다. 아셨습니까?"

"아, 알다 뿐이겠습니까? 미군 선생님들. 그러니 어쩌면 좋겠습니까? 네?"

"잡아들여야지요. 우리 힘을 합쳐 잡아들입시다. 이제야말로 미스터 허허가 갖고 있는 실력을 다 발휘할 때가 왔습니다. 그놈들이 다 후뗴이 센징과 같은 놈들입니다. 세상을 어지럽게 하는 놈들이니깐요. 사정없이 몽땅 잡아들여야 합니다. 자, 그럼 이 권총을 드리겠습니다. 이 일본도도 다시 드리고요. 우리 미국이 준 권총을 가진 사람 아무도 다치지 못합니다. 축하합니다. 큰 공을 세우십시오. 큰 공을 세우면 우린 이 일본도보다 훨씬 더 좋은 상을 드립니다. 우리 미국 일본보다 많이많이 더 부자나랍니다. 아셨습니까? 하하하."

그때 부친은 너무나 감복한 나머지 정신이 아찔거리더라는 것이다. 그리하여 그는 사람 잡는 일이라면 내게 맡겨 달라면서 한 손엔 미군이 쥐어 준 권총을, 그리고 다른 한 손엔 일본도를 들고 종횡무진 미군이 지시하는 대로 실력을 발휘하기 시작했다는 것이다. 한라산과 지리산은 물론 경향 각지를 오르내리면서 소위 그 법과 질서를 우습게 보는 자들을 잡아들이는 데 진력하다 보니 그 공로를 평가받아선가, 그 후 부친은 계속 미국 사람들의 지원 하에 세칭 출세가도를 달리다가, 결국엔 오늘날과 같이 빛나는 부와 권력을 차지하게 되었다는 것이다.

탓으로 나는 부친이 예의 그 일본도에 대하여 흡사 자기 자신의 분신인 양 각별한 애정을 기울이게 된 그 일련의 사정을 이해하지 못하는 바는 아니었으나, 그러나 그것이 연유가 되어 내가 이렇게 돌연 천황 폐하의 역까지 감당하게 될 줄은 정말 알 수가 없었던 것이다.

나는 고소를 금할 수 없었다.

하지만 부친의 서두름이 워낙 물불을 가리지 않는 형편에 이르렀는지라, 나는 설령 그것이 내겐 부적합한 역이라 하더라도 별수 없이 나는 부친의 지시에 따를 수밖에 없다는 생각이었다. 부친은 무엇이 그렇게 좋은지 계속 희희낙락한 표정이었다.

"아버님, 이 칼을 이렇게 들고만 있으면 되는 겁니까?"

"허, 이놈 몇 번이나 말해야 알아듣겠느냐. 넌 그저 이렇게 칼을 옆으로 조심스럽게 들고 있다가 내가 네 앞에 다가서거든 자세를 똑바로 하고 칼을 내게 넘겨주기만 하면 되는 거다. 다정하게 미소를 지으면서 말이다."

부친은 빠른 발음으로 그렇게 말하고 뒤로 여러 발자국 물러섰다. 그리고 그는 왕년의 그 영광스럽던 날을 회상하느라고 그러는지, 만면에 웃음을 띠고 한참이나 눈을 지그시 감고 있다간, 아 드디어 긴장된 걸음걸이로 내 앞으로, 아니 천황 폐하 앞으로 한 발 한 발 신중하게 다가서는 것이었다. 그때 부친의 걸음걸이가 그 어찌나 신중해 보이는지 돌연 주변의 분위기마저 엄숙하게 착 가라앉는 느낌이었다. 나는 나도 모르는 사이 차렷 자세를 취했다. 부친은 고개를 반쯤 숙이고 내 앞으로 한 일이 미터 가까이까지 다가서더니 부친은 아 생각지도 않게 내게다가 머리가 거의 땅에 닿을 정도로 정중하게 사이께에레이最敬禮를 하는 것이 아닌가. 이건 도무지 예기치 않은 상황이었다. 하지만 나는 촌시나마 천황으로서의 그 당당한 위엄을 잃어서는 안 된다는 생각에 그냥 꼿꼿한 자세로 부친의 절을 받았다. 순간적이지만 등에 땀이 나는 것 같았다. 부친은 그렇게 절을 하고 나서 또 허리를 반쯤 굽히더니 두 손을 내 앞으로 쑥 내밀던 것이다. 순간 나는 아, 이때구나 싶어 부친이 일러 준 대로 은은한 미소를 머금고 부친의 손에 칼을 넘겨주었다. 그랬더니 부친은 칼을 넘겨받은 자세 그대로 뒤로 몇 걸음 천천히 물러서다가는 아, 느닷없이 칼을 두 손으로 높이 쳐들면서 "반사이" 하고 만세를 외치는 것이 아닌가. 지난날 일본 천황한테서 일본도를 받아 들었을 때의 그 격한 감격이 완전히 되살아나는 모양이었다. 부친은 만세를 부르다간 껄껄 웃고, 껄껄 웃다간 또 만세를 부르고 하는 품이 도무지 그 사고의 체계가 정상적인 궤도 위에 놓여 있는 것 같질 않았다. 저래도 괜찮을까. 그때 나는 정신적으로 부친과 제아무리 남남처럼 지낸다곤 하지만 그래도 이런 경우엔 자식 된 도리로서 형식적으로나마 뭔가 부친을 위한 한마디 진언이 없을 수 없다는 생각에 나는 급히 부친 곁으로 다가가서, "아버님 좀 진정하셔야 하겠습니다." 하고 정중히 아뢰었다.

그러자 부친은 펄쩍 뛰시는 태도로 "뭐? 나보고 진정하라구?" 꾸중하시듯 말씀하셨다.

"옥체를 좀 돌보셔야 하겠다, 이 말씀입니다."

"뭐, 나보고 옥체를 돌보라구? 하하하. 이젠 천년만년 옥체를 돌보았으니 걱정하지 말아라. 빌어먹을 자식. 내가 왜 죽을 것 같아서 그러느냐? 어림없다, 이놈."

"아버님 그게 무슨 말씀이십니까? 억울하옵니다."

"너 이놈. 억울할 것 없다. 이제 이 애빌 죽이겠다는 놈들을 다 잡아들였다니, 아 이놈아, 이 애비가 어떻게 이 이상 더 옥체를 돌보겠느냐, 이 말이로다. 하하하."

"아니 누가요? 아버님. 누가 아버님을 죽이겠다구요?"

나는 깜짝 놀랐다.

"넌 그럼 아직 이 애비를 죽이겠다는 소리도 못 들어 봤느냐?"

"못 들어 봤는데요, 아버님."

"귀 가지고 뭘 했냐? 빌어먹을 자식."

"죄송하옵니다, 아버님."

"죄송이고 지지고 너 이놈, 이 세상에서 살자면 급히 청력 좀 회복해야겠다. 원 그 지경으로 귀가 어두워서야 이 험한 세상을 어떻게 살아가겠느냐" 빌어먹을 자식. 원 이렇게 왕왕거리는 소리도 못 들어 봤어?"

"왕왕거린다고요? 아버님."

"그렇다. 이 애빌 죽이겠다고 왕왕 개 짖듯 짖어대는 소리

말이다. 미국 나가라는 소리, 민족 자주 하겠다는 소리, 핵무기 나가라는 소리, 아 날이면 날마다 시끄럽게 들리는 소리 소리 이 소리들이 다 결국엔 네 애빌 죽이겠다는 소리가 아니더냐, 이 말이로다."

"아니 아버님, 무슨 말씀을 그렇게 하십니까?"

"원 자식이 이렇게두 귀가 어두워서야. 아 이놈아, 핵무길 가지고 미국이 지켜 주는데도 빨갱이들이 늘 난동을 치는 세상에 도대체 미국이 나가면 이 나라가, 아니 이 애비의 꼴이 당장 어찌 되겠느냐? 허, 숭한."

"아니 빨갱이들이 그렇게도 많습니까? 아버님."

"많습니까가 다 뭐냐. 넌 이놈아, 귀도 없고 눈도 없느냐? 통일만이 살길이라는 놈, 미국 나쁘다는 놈, 툭 하면 자주니 민주니 하고 떠들며 다니는 놈, 아 이것들은 겉은 분칠을 해서 잘 모르지만 속은 다 빨갛다 이 말이다. 이놈들의 속셈은 그저 뻔한 틈만 있으면 북쪽의 빨갱이들과 어울려서 통일을 하겠다는 놈들이니까 말이다. 아 이놈아, 빨갱이들과 통일을 하면 도대체 이 애비는 누가 지켜 준다는 거야. 아 그놈들이 이 애비를 그냥 놔두겠어? 허, 숭한."

"또 허, 숭한입니까? 아버님."

"그렇다. 또 허, 허 숭한이다. 빌어먹을 자식."

"그렇다면……."

"그렇다면 뭐냐? 이놈아."

"왠지 좀 큰일 난 것 같다, 이 말씀입니다."

그러자 부친은 생각지도 않게 입가에 회심의 미소를 지으시고는,

"너 이놈, 큰일 날 것 없다. 네 애빌 죽이겠다고 왕왕거리던 놈들을 오늘 일망타진했다니까 말이다. 하하하, 아 그래서 이 애비의 기분이 오늘 이리도 좋은 게 아니냐."

하고 이제 천하를 다 손아귀에 쥐었다는 듯이 또 한 번 "하하하" 통쾌하게 웃는 것이었다.

그리고 그 통쾌한 웃음소리와 함께 허허 선생은 춤벙춤벙 춤을 추기 시작하는 것이었다. 이 세상에선 가장 안전하다는 지하궁전의 그 호화로운 거실에서 허허 선생은 자식인 나만이 지켜보는 가운데 지칠 줄도 모르고 하늘을 날듯 춤벙춤벙 춤을 추는 것이었다.

하지만 부친인 그가 지하궁전에서 나를 부를 때마다 늘 그렇게 기분이 좋아 춤벙춤벙 춤만을 추고 있는 것은 아니었다. 하루는 또 부친이 나를 다급하게 부른다기에 나는 예의 그 거대한 암벽의 문을 통과하여 부친의 전용 안식처인 지하궁전을 방문한 적이 있었는데, 그때 나는 부친의 거실에 한 발자국 들어서기가 무섭게 억 하는 신음 소리와 함께 나는 혼비백산이었달까, 순간적으로 기절하는 일을 당하고야 말았던 것이다. 나는 이제 죽었구나 하는 절망감 때문이었다. 워낙 창졸간에 당하는 일이라 억울하다는 생각을 할 새도 없었다. 끝내 부친이 나를 죽이는구나 하는 그저 그런 생각만이 후딱 지나갔다. 그럴 수밖에 없는 것이 내가 방에 들어서자마자, 부친은 분노에 찬 표정으로 그 퍼렇게 날이 선 일본도를 칼집에서 쑥 빼어 들더니 그걸 두 손으로 하늘 높이 쳐들고는 "너 이놈 죽어라" 하고 비호같이 달려와서 나의 면상을 향해 힘껏 내리쳤으니까 말이다. 나는 본능적으로 얼른 고개를 숙이며 눈을 꼭 감고 숨을 죽였다. 나는 이제 죽었구나. 부들부들 떨 새도 없었다. 깜박 정신이 나갔는가, 다시 정신을 차려 보니 왠지 내가 죽은 것 같진 않았다. 하지만 나는 눈을 뜰 수가 없었다. 부친은 여전히 성난 목소리로,

"너 이놈. 죽어 봐라, 죽어 봐라."

그러면서 나를 겨냥하고 연신 칼을 휘두르고 있기 때문이었다. 귓가에 씽씽 칼소리가 요란했다. 칼은 내 골통을, 목을, 가슴을 겨누고 씽씽 날아오는 것 같았다. 도대체 무엇 때문일까. 하지만 나는 아무 말도 할 수 없었다. 말을 하거나 몸을 조금만 움직여도 칼은 서슴없이 내 몸을 동강 낼 것 같았다. 나는 시종 쇳덩어리처럼 그렇게 미동도 하지 않고 서 있었다. 부친은 칼 쓰는 솜씨가 어찌나 좋은지 내 몸을 상대로 그렇게나 칼을 휘둘러대면서도 단지 위기일발이랄까, 아슬아슬하게 내 몸을 스쳐만 갈 뿐, 직접적으로 내 몸에 칼이 와 닿는 일은 없었다.

신기할 정도였다.

천 길 만 길이나 되는 벼랑 끝에 서 있는 것 같은 생사의 갈림길에서 나는 어찌나 긴장했던지 온몸에서 땀이 번지고

있었다.

"네, 이놈. 어서, 고개를 들렷다."

칼소리가 멈추더니 순간 부친의 노기 띤 목소리가 쩌렁쩌렁 울려 왔다.

나는 조심스럽게 고개를 들었다. 하지만 감히 눈을 뜰 수는 없었다. 바로 내 코끝에서 방금 칼집에서 나온 무서운 칼날이 퍼렇게 눈을 흘기고 있는 것 같아서였다.

"너, 이놈. 눈을 뜨렷다."

나는 죽으면 말지 하는 비장한 각오로 눈을 떴다. 부친은 나와 한 오륙 미터 간격을 두고 내 쪽에다 칼끝을 겨냥한 채 식식 숨을 몰아쉬고 있었다. 노발충관怒髮衝冠이랄까, 부친은 정말 노여움이 지나쳐서 머리끝이 쭉 하늘로 뻗쳐 있다는 느낌이었다. 충혈된 눈, 떨리는 입술, 이마에선 땀이 흐르고 있었다. 한 나라의 재계와 정계에서 큰 어른 대접을 받는다는 허허 선생의 체신치고는 말이 아니었다. 도대체 뭣이 저토록 허허 선생을 화나게 만들었을까. 나는 도무지 살얼음판을 딛고 선 느낌이었다.

부친이 또 입을 열었다.

"너 이놈, 칼맛이 어떻더냐?"

"네?"

"칼맛이 어떻더냐구?"

부친은 또 한 번 칼을 내리칠 기세였다.

"죽을 맛입니다, 아버님."

나는 몸을 흠칫하면서 손으로 얼굴을 가리듯 하고 말했다.

"뭐, 죽을 맛이라구?"

"네. 죽을 맛입니다, 아버님. 제발 그 칼만은 거두어 주시옵소서."

"그럼 됐다. 정말 죽을 맛이더란 말이지? 허, 숭한. 광주에서 그렇게 칼맛을 보고서도 놈들에겐 아직도 칼맛이 부족하단 말이지?"

그리고 부친은 그 기다란 일본도를 천하에 자랑하듯 아주 위협적으로 씽씽 소리 나게 몇 번 휘둘러대더니,

"이놈들, 어디 두고 보자."

이를 갈듯 하시고는 다부지게 주먹을 쥐어 보이는 것이었다. 나는 지금껏 부친께서 원 그렇게까지 심기가 불편해하시는 모습을 본 일이 없는 것이다. 무슨 일일까?

"아버님, 누가 또 아버님께 심려를 끼쳐 드렸습니까?"

보다 못해 나는 한마디 위로하듯 말했다. 그러자 부친은,

"뭐 심려? 빌어먹을 자식, 심려 좋아한다. 아, 이 애비를 생으로 막 죽이겠다는데 심려가 어디 당할 말이냐? 빌어먹을 자식."

하고 나를 나무라듯 말했다.

"아니, 누가 또 아버님을 죽이겠다구요?"

"그렇다, 이놈아. 죽이겠다는 말이나 국가보안법을 없애겠다는 말이나 그게 그거 아니냐? 쎄임쎄임이라 이 말이다. 그렇잖으냐?"

"글쎄 말입니다, 아버님."

"글쎄고 지지고 이놈아, 너도 이제 세상 이치 좀 알아야겠다. 참 답답하구나. 아, 이 땅에서 국가보안법이 쑥 빠져 나간다면 이 애비는 도대체 뭘 붙잡고 살겠느냐? 정치는 뭘 가지고 하고, 돈은 또 뭘 가지고 벌어? 미친놈들."

"미친놈들입니까? 아버님."

"암 미친놈들이지. 그런즉 너도 이놈, 이제 단단히 칼을 갈아야겠다. 세상이 그렇게 됐어."

"칼을 말입니까? 아버님."

"그렇다. 이 애비가 죽으면 너라고 해서 뭐 남아나겠니? 그러니까 너도 무장을 단단히 해야겠어. 지금 놈들은 평화 통일이니 개나발이니 해싸며 국가보안법을 걸고넘어지면서 빨갱이들과 짝짜꿍이 되어 통일을 하겠다구 설쳐대니까 말이다. 알겠느냐?"

"짝짜꿍이 되어서 말입니까?"

"암 짝짜꿍이 되어서지. 하지만 어림없다, 이놈들. 뭐 통일을 해? 아, 허허 선생이 이렇게 시퍼렇게 살아 있는데도 국가보안법을 없애구 통일을 해? 빨갱이들과 어울려서 말이지? 흥, 어림없다, 이놈들. 이 땅에서 빨갱이들을 완전히 싹 쓸어 버리기 전엔 어림없다. 이놈들아."

부친은 이렇게 뭔가 큰소리로 선언하듯 하고 나서 갑자기 또 한차례 분노의 불길에 휩싸이는가, 부친은 아주 험악한 표정이 되어,

"뭐, 통일? 아, 어느 놈이 통일을 하겠대? 통일 어딨어? 이놈들 어서 나왓! 통일 나와랏! 어서 나왓! 에잇 그저 이것들을 단칼에."

그러면서 천방지축 이리 뛰고 저리 뛰는 것이었다. 그 퍼렇
게 날이 선 일본도를 이리 휘두르고 저리 휘두르면서 말이다.

이처럼 통일이라면 무슨 흉물을 대하듯 늘 질겁을 하던 허
허 선생이 요즘 갑자기 자기가 솔선하여 그 누구보다 앞장서
서 통일, 통일, 하고 통일을 외쳐대며 돌아다닌다니, 이건 정
말 예사로운 변고가 아니었다. 아무리 생각해 봐도 심상칠 않
았다. 남들은 그저 듣기 좋은 말로 바야흐로 시대가 지금 화
해와 자주와 민주화의 시대니만큼 허허 선생도 시속을 따라
마음이 변하여 이제 나라를 위해 뭔가 좋은 일을 하나 해보
려는 것이 아닌가 해서 저마다들 허허 선생에게 박수도 보내
고 찬사도 보내고 한다지만 그의 자식 된 입장으로서의 나는
그럴 수만은 없었다. 왜냐하면 나는 여러 차례나 우리 집 지
하궁전에서 통일 문제를 대하는 허허 선생의 그 적나라한 모
습을 보아 왔기 때문이었다. 언제든 통일 소리만 나오면 거의
자동적으로 몸 전체가 통일을 향한 분노의 불길이 되어 꼭

불을 먹은 사람같이 가슴에 불이 나서 팔팔 뛰던 허허 선생이 그까짓 시대니 조류니 하는 것 때문에 마음을 달리 먹을 리가 없다는 판단 때문이었다. 그렇다면, 아, 그렇다면, 나는 초조해지지 않을 수 없었다. 좀 불안하고 불길한 생각마저 겹쳤다. 그렇다면 혹시 부친의 몸 안에 무슨 정신과적인 질환이 생긴 것이 아닌가 하는 의심이 들기 때문이었다. 그런데 불행하게도 그러한 의심은 시간이 지날수록 나의 머릿속에선 자꾸만 거의 사실이 아닌가 하는 생각으로 굳어져 가고 있었다. 부친의 정신세계에, 즉 그의 사유의 체계나 그 구조상에 무슨 병이 생기지 않았다면 부친이 그렇게도 통일만이 살길이라면서 통일을 떠들고 다녔을 리가 없었을 것이기 때문이다. 그렇게 생각하고 나니 나는 왠지 큰일이라는 생각이 들었다. 부친의 병세가 점점 더 심각해지는 것 같아서였다.

어이없게도 요 며칠 전엔 공공연히 수많은 사람들 앞에서 우리가 평화 통일을 하자면 국가보안법을 없애야 한다고 떠들어댔다니 말이다. 빨갱이들과 어울려서 통일을 해야 하겠다면서 빨갱이들을 모조리 잡아 없애는 법을 그냥 놔두고서야 어떻게 통일이 되겠느냐면서 버럭 화까지 내더라는 것이다.

기가 찰 일이었다. 사태가 이쯤 되었으면 이미 허허 선생의 병세는 위중한 단계에 이르렀다고 보아야 한다. 정상적인 허허 선생의 머리로는 도저히 생각할 수 없는 말이니까 말이다. 나는 자꾸만 더 마음이 조여 왔다. 자식 된 도리로서 나는 부친이 그래도 사물에 대한 분별력을 완전히 잃지 않고 있을 때, 말하자면 자식의 얼굴이라도 알아볼 수 있을 때에 부친을 한번 만나 봬야 한다는 일종의 의무감 때문이었다. 좌우간 나는 더 참지를 못하고 자리에서 벌떡 일어났다. 부친의 용태를, 아니 그 병세를 자식인 나의 이 두 눈으로 똑똑히 살펴보고 싶어서였다.

그때 찌르릉 하고 전화벨이 울렸다. 상대는 뻔했다. 모 신문사에 근무하는 수촜라는 친구 말고 누가 내게 전화를 걸겠는가. 세상사에 대한 허허 선생과의 견해 차이로 말미암아 내 비록 세상과의 인연을 끊고 우리 집의 외딴 한구석에서 이렇게 거의 유폐되다시피 한 상태로 쓸쓸히 세월을 보내고 있지만 그래도 나는 다행한 일이랄까, 유일하게 수란 친구가 나의 입장을 이해해 줌으로써 이따금 내게 전화를 걸어 와, 나는 실낱같이 가느다란 형태로나마 가까스로 세상과의 인연을 이어 가고 있는 것이다. 고마웠다. 생각하면 허허 선생에 대한 그 우려할만한 소식도 사실은 다 수란 친구가 물어다 준 것이었다. 나는 얼른 수화기를 들었다.

"아, 여보세요? 뭐, 수라구? 응 알았어. 따르릉 하면 자네지 뭐 누가 있겠나. 그런데 뭐라구? 아무래도 허허 선생이 좀 이상하다구? 머리가 이상하단 말이지? 솔직하게 말하면 머리가 좀 돈 사람 같다, 이 말 아닌가? 뭐, 그렇다구? 응, 알았어. 나도 그렇게 생각해. 그래서 걱정이야. 빨리 손을 써야 할 것 같다구? 물론이지. 만약에 다른 병도 아닌 정신병으로 허허 선생이 돌아가신다고 생각해 보게. 당사자에겐 물론 주변 사람들에게 그런 망신이 어딨겠나. 그런데 말야, 주치의들은 아직 눈칠 못 챘을까? 못 챘을 리가 있겠느냐구? 병이 병인만큼 그런 병을 가지고 본인한테 말하기가 쉽겠느냐구? 그도 그렇겠어. 그럼 어쩌지? 망설이고 있을 때가 아니라구? 병이 아주 깊은 것 같다, 이 말 아닌가. 오늘은 아주 볼 수가 없었다구? 누가? 허허 선생이? 왜? 기자회견? 아니 허허 선생이 기자회견까지 했단 말이지? 그랬어? 뭐야? 이번엔 미군 철수까지 주장했다구? 아니 허허 선생이? 그게 정말인가? 지금 거짓말을 할 때냐구? 그도 그래, 정말 큰일이군. 뭐야? 남의 나라 군대가 와서 우리나랄 가로타고 앉았으니 통일이 될게 뭐냐구 그러더라구? 허허 참. 뭐? 또 뭐야? 뭐, 동반자 관계? 북쪽의 빨갱이들도 이제 타도의 대상이 아니라 동반자 관계라고 떠들더란 말이지? 서로 친하게 지내야 통일이 된다고 그랬다고? 이거 점점 큰일이군 그래. 뭐 신사고! 아니 신사고가 뭐야? 허허 선생이 어디서 주워들었는지 말끝마다 그저 이제 앞으로의 세상은 생각을 달리해야만 살아남을 수 있다고 하도 떠들어서 회견 제목을 신사고라 붙였단 말이지? 허, 참. 허허 선생이 그런 소릴 해도 기자들이 아무 소리 않던가? 뭐야? 하도 흥분한 나머지 말 받아쓰느라구 정신들이 없었다구? 머리가 돈 사람 말에 흥분한 기자들도 약간 돈 사람들이 아닌가? 모르겠다구? 어쨌든 자식 된 입장에선 큰일일세. 병은 자랑하란 말도 있지만, 정신병은 자랑할 병도 못 되고 말야. 뭐야? 지체하지 말고 허허 선생의 용태를 직접 한번 살펴보라구? 알았네. 나도 지금 그럴 참이었어. 뭐? 지금 집에 계실 거라구? 지하궁전에? 고마워. 자, 그럼 지금 곧 가 뵙겠네."

그리고 나는 수화기를 놓자마자 뭘 더 생각해 볼 겨를이 없이 허허 선생의 거처인 지하궁전으로 향했다. 예의 그 암벽으로 이루어진 출입문 가까이 내가 접근하자, 부친은 이미 TV 화면을 통하여 내가 찾아오고 있다는 것을 아셨는지 스피커에서 "너 이놈, 어쩐 일이냐?" 부친의 말씀이 들려 왔다.

"아버님을 좀 뵙고 싶어 왔습니다."

"뭐? 네 주제에 애비를 다 보고 싶어서 부르지도 않았는데 네 발로 애비를 찾아올 때가 다 있단 말이지. 허허허. 그래 무슨 일이냐?"

"좀 말씀드릴 일이 있어섭니다."

"무슨 일이냐고 묻지 않느냐?"

"들어가 뵙고 말씀드렸으면 합니다만."

"뭐야? 그럼 들어오려무나."

부친의 그 들어오려무나 소리와 거의 동시에 그 거대한 암벽의 문이 스르르 열렸다. 순간 나는 정신을 바싹 차렸다. 아니 신경을 곤두세웠다. 허허 선생의 일거일동을 단 하나도 놓치지 말고 추적해 나감으로써 뭔가 거기에서 평상시와 다른 허허 선생의 모습을 찾아내야 한다는 의무감 때문이었다. 이를테면 정신질환을 인정할 만한 병의 그 중세를 찾아내야 한다는 의무감이었다.

　내가 부친의 처소에 들어가자마자, 부친은 흔들의자에 앉아서 몸을 앞뒤로 조금씩 흔들고 있었다. 욱일승천의 기세로 하늘을 치달아 오르는 용의 형상을 한 흔들의자였다. 부친은 그 흔들의자에 앉아서 전자 칼갈이로 아주 번쩍번쩍하게 칼을 갈고 있었다. 뭐, 칼을 간다? 그러나 칼을 가는 것만을 가지고는 부친의 정신 상태에 무슨 변화가 일어났다고는 볼 수 없었다. 부친은 심심할 때마다, 아니 무슨 생각을 무르익힐 때마다 칼을 가는 것이 하나의 버릇처럼 되어 있으니까 말이다. 하지만 전혀 이상한 점을 발견할 수 없다는 얘기는 아니다. 공연히 빙긋빙긋 웃는 점이 좀 수상쩍긴 했다. 부친은 전과는 달리 칼을 갈면서 왠지 계속 입을 빙긋거리고 있었다. 정신병자는 웃음이 헤프다는데 순간 그런 생각이 머리를 스쳤다. 그러나 망상이든 공상이든 혼자서 무슨 생각을 하다가 저도 모르게 웃음이 나오는 것은 누구에게 있어서나 흔히 볼 수 있는 현상이 아닌가. 그런즉 부친이 지금 좀 헤프게 웃는다고 해서 그것만을 가지고 정신질환과 연결시킨다면 좀 무리가 따를 것 같았다. 그리고 또 한 가지, 모처럼 자식이 할 말이 있다고 찾아왔는데도 전혀 거들떠보지도 않고 앉아 있는 점이 또 수상쩍긴 했지만 역시 그 정도를 가지고 부친의 정신 상황을 가늠해 보긴 어려울 것 같았다. 왜냐하면 요즘 여러 번에 걸친 부친의 그 정신 나간 발언으로 미루어 보아 부친의 정신질환은 상당히 위중한 단계에 이르렀다고 보아야 하겠거늘, 그렇다면 부친의 행동거지는 그에 상응하게 탈선적인 데가 있어야 할 것이기 때문이다. 말하자면 자식인 나를 전혀 못 알아보고 엉뚱한 소릴 한다든가 애지중지하는 그 일본도를 발로 막 짓밟는다든가 아니면 옷을 홀랑 벗고 무슨 이상한 짓을 한다든가 하는 그런 일 말이다. 하지만 전혀 그런 기미는 찾아볼 수 없었다. 혹시 내 예상이 빗나갔는가. 이상했다. 나는 좀 계면쩍은 표정으로 부친 앞에 한참이나 멍하니 서 있다가 "아버님" 하고 그냥 한 번 불러보았다.

"뭐냐?"

부친은 역시 나를 거들떠보지도 않고 말했다. 여전히 흔들의자에서 칼을 가시며 빙긋빙긋 웃는 상태였다.

"아닙니다, 아버님."

"뭐가 아니야, 이놈아. 너 애비한테 뭐 할 말이 있다면서?"

"아닙니다, 아버님. 요즘 아버님께서 공사公私에 퍽 다망하시다는 소식을 들었습니다만."

"소식 한번 빠르다, 빌어먹을 자식. 그래 좀 다망했다, 이놈아. 여기저기 그물을 치러 다니느라고 말이다. 히히히."

그물? 난데없이 그물이라니. 나는 긴장했다. 아무래도 부친의 정신세계 어딘가에 좀 이상이 있긴 있는 모양인데, 나는 좀처럼 그 단서를 잡을 수가 없어서 안타까웠다. 나는 부친을 예의 주시하면서 물었다.

"아버님, 그물을 치셨다구요? 어디에 치셨습니까?"

"아, 이놈아. 강에도 치고 바다에도 치고 저수지에도 쳤다. 히히히."

"무슨 그물인데요? 아버님."

"그물에도 무슨 그물이 있느냐? 고기 잡는 그물이지. 이제 좀 기다려 보려무나. 큰 고기 작은 고기, 아마 고기깨나 걸려들게다. 히히히. 미끼도 많이 던지고 했으니 말이다."

"미끼요? 지렁이도 던지고, 깻묵도 던지셨습니까?"

"그렇다, 이놈아. 국가보안법 철폐도 던지고, 미군 철수도 던지고, 통일도 던지고, 민주도 던지고, 하여튼 던질 건 다 던졌다. 이놈아. 어떤 놈들이 고따위 생각을 하고 있나 세세히 한번 알아보려구 말이다. 약 오르지? 요놈아. 히히히."

"네?"

"아니 왜 그렇게 놀란 표정이냐? 빌어먹을 자식. 내가 네 속을 모를 줄 알고? 너 이놈, 이 애비가 혹시 미친 줄 알고 찾아왔지? 어림없다, 이놈. 히히히."

순간 나는 가슴이 싸늘해졌다. 아, 역시 허허 선생은 대단한 인물이시구나. 저렇듯 정신이 정정한 분의 정신 상태를 잠시나마 내가 의심했었다고 생각하니, 나는 그만 좀 부끄러운 느낌이 들었다. 부친의 말마따나 내가 이 세상을 살아가기에는 뭔가 어림없는 것 같다는 느낌이었다.

"정말 어림없겠는데요, 아버님. 참 대단하십니다. 그것이 신사곱니까? 아버님."

나는 정말 감탄하듯 하는 어조로 물었다.

"그렇다. 신사고다, 이놈아. 히히히. 이제 구태의연한 생각을 가지곤 세상을 살아가기가 썩 어려워졌어. 그만큼 세상이 절박해졌다, 이 말이다. 그런즉 너도 이제 생각을 바꿔라, 이 말이야. 알겠느냐? 히히히."

뭐라구? 나보고 생각을 바꾸라구? 순간, 나는 정신이 번쩍 들었다.

"그러니까 아버님. 저보고도 신사고를 하라 이 말씀입니까?"

"그렇다, 이놈아. 너도 이제 아빠 편에 서라, 이 말이다. 히히히."

"네? 저보고 아빠 편에 서라고요? 하하하."

"너 이놈, 웃느냐?"

"네 웃습니다, 하하하. 아, 모처럼 아버님께서 그렇게 웃기시는데, 자식 된 도리로서 웃어야 하지 않겠습니까? 하하하."

"빌어먹을 자식. 히히히."

"아버님 웃음소리가 많이 변했는데요. 전엔 하하하 하시더니, 이젠 히히히 하시는군요. 웃음소리가 좀 음해진 것 같습니다. 그것도 다 신사고에서 흘러나온 웃음소립니까? 하하하."

"그렇다. 이놈의 새끼. 히히히."

"하하하하."

"히히히히."

"하하하하."

나는 참으로 오래간만에 억지로나마 부친과 함께 한바탕 웃긴 했지만 그러나 마음속만은 그 어느 때보다도 착잡하기 짝이 없었다.

《실천문학》 1990년 여름호 (통권 18)

분지

어머니.

제발 몸을 좀 그렇게 떨지 마십시오. 미관상 과히 좋아 보이질 않습니다. 뭐, 제가 지금 죽을 것 같아서 그러신다구요. 참, 걱정도 팔자시군요. 적어도 홍길동洪吉童의 제10대손이며 동시에 단군의 후손인 나 만수萬壽란 녀석이 아무렴 요만한 정도의 일을 가지고 그렇게 쉽사리 숨을 못 쉬게 될 것 같습니까. 염려하지 마십시오. 누가 보면 웃습니다. 저는 설령 이보다 더한 결정적인 궁지에 몰리는 한이 있더라도 당신처럼 그렇게 용이하게 미치거나 죽어 없어질 시시한 종자라고는 생각하지 않습니다.

믿어주십시오.

그렇다고 저는 물론, 제 목숨이 처한 지금의 이 절망스러운 판국을 조금이나마 부인하거나 변호하자는 것이 아닙니다. 좀 속되게 말하자면 풍전등화 격이라고나 할까요. 저를 포위하고 있는 객관적인 정세로 미루어 보아서 말입니다. 제아무리 미련한 놈의 소견으로 보아도 제 목숨이 지금 이 마당에서 신의 부축이 없이 인간만의 힘으로 어떻게 살아나리라곤 감히 생각할 수가 없겠지요. 천하가 소상하게 알다시피 저는 지금 독 안에 든 쥐니깐요. 어디 원 눈곱 만한 면적이나마 빠져나갈 구멍이 있어 보입니까. 자, 보십시오. 저를 상대로 한 저 삼엄한 무장과 경비를, 저의 이 주먹 만한 심장 하나를 꿰뚫기 위하여 정성껏 마련해 놓은 저들의 저 엄청난 군비의 숫자를 말입니다. 지금 제가 숨어 있는 이 향미산向美山의 둘레에는 무려 일만 여를 헤아리는 각종 포문과 미사일, 그리고 전 미군 중에서도 가장 민첩하고 정확한 기동력을 자랑하는 미 제 엑스 사단의 그 늠름한 장병들이 신이라도 나포할 기세로 저를 향하여 영롱하게 눈동자를 빛내고 있는 것입니다.

방금 입수한 '펜타곤' 당국의 공식 발표에 의하며 이 땅 위에서 만수란 이름의 육체와 또한 그의 혼백까지를 완전히 소탕하기 위해서 뿌려진 금액이 물경 이삼억 불에 달한다고 하니 이거 정말 죽은 사람들이 기겁을 할 노릇이지요. 이삼억 불이면 뭐 집 한 채 값이나 되느냐구요. 당신도 참, 왜 그렇게 한심스러운 말씀을 하십니까.

물론 죽는 날까지 불과 몇 식구가 머물 집 한 채를 장만하지 못하여 잠결에도 노상 집, 집 하면서 고함을 치시던 당신의 계산으론 사실 집 한 채 값이란 하늘의 별만치나 헤아리지 못 할 막대한 숫자가 되어주겠지요. 하지만 어머니. 당신에겐 좀 과격한 말씀이긴 합니다만 솔직하게 말해서 이삼억 불이면 집 한 채 값이 훨씬 넘습니다. 뿐더러 그것은 대한민국의 일 년 예산에 해당하는 금액이라면 당신은 어떡하시겠습니까. 뭐, 현기증이 나신다구요. 그러시겠지요. 금빛으로 황홀하게 단장한 트레이드마크 유에스에이, 향미산 기슭을 첩첩하게 메운 달러의 부피 유에스에이. 그 거대한 미국의 눈부신 표정 앞에서 제정신을 수습하기란 사실 그 누구에게 있어서나 참으로 어려운 작업이니깐요. 좀 현기증이 나신다고 해서 그것이 무슨 그렇게 우려할 만한 병적인 증상이라고는 볼 수가 없습니다. 아니, 설혹, 그것이 병적인 증상이라고 하더라도 당신은 이미 저승에 가신 몸. 사람이 나서 두 번 죽을 리는 없지 않습니까. 안심하십시오. 그리하여 제가 지금 관심을 가지고 있는 문제는 이미 저승으로 행차하신 당신의 건강에 관해서가 아니라 아직도 이 땅 위에 남아서 전전긍긍하는 제

동료들의 이 구차스러운 목숨에 관해서인 것입니다.

자, 보십시오. 왜 당신의 눈에는 잘 보이질 않습니까. 뭐라구요. 눈이 썩어서 아주 엉망이 되셨다구요. 하, 참 딱도 하십니다. 당신은 왜 그렇게 저승에 가셔서까지 융통성이 없으신가요. 이용하십시오. 썩어 없어지는 육체의 눈이 아니라 영원히 남아서 초롱초롱 빛나는 당신의 그 아리따운 영혼의 눈동자를 말입니다. 주저하지 말고 어서 이용하여보십시오. 육체의 눈에 의존하는 것보다 더욱 선명하게 잘 보여 올 것입니다. 자, 그럼 한번 휘둘러보십시오. 지금 이 향미산을 중심으로 하여 직경 수천 마일 이내에서 벌어지고 있는 주민들의 이 어이없는 상태를 말입니다. 그들은 지금 오랫동안 정을 나눈 일체의 친지며 가산家産과 석별의 눈물을 흘리고 지층 깊은 곳에 몸을 처박고는 부들부들 떨고 있는 것입니다. 도대체 두더지도 아닌 인간의 체면에 저게 무슨 꼴이란 말씀입니까. 하지만 그들은 백의민족 특유의 인내력을 최대한으로 발휘하여 신의 어깨에라도 매달리는 심정으로 펜타곤 당국이 수시로 발송하는 지시서에 순종하여야만 겨우 목숨을 건질 수가 있다니 할 수 없는 일이겠지요. 왜 당신의 귀에는 들려오지 않습니까. 다이얼을 알링턴발 0.038 메가사이클에 맞추시고 조용히 귀를 기울여보십시오.

"어디까지나 성조기의 편에 서서 미국의 번영과 그리고 인류의 자유를 확장시키는 작업에 뜻을 같이한 자유세계의 시민 여러분, 안녕하십니까. 이미 누차 반복하여 말씀드린 바와 같이 여러분의 귀중한 생명과 재산과 그리고 자유와 안전에 관한 사항을 담당하고 있는 본 펜타곤 당국은 최근에 극동의 일각인 코리아의 한 조그마한 산등성이 밑에서 벌어진 그 우려한 만한 사태에 접하고 놀라움과 동시에 격한 분노의 감정을 금할 수가 없었던 것입니다. 하지만 전 세계의 자유민 여러분! 이제 안심하십시오. 여러분을 대신하여 본 당국은 바야흐로 역사적인 사명감에 불타고 있습니다. 도대체 그 이름부터가 사람 같지 않은 홍만수란 자가 저지른 그 치욕적인 사건은 분명히 미국을 위시한 자유민 전체의 평화와 안전에 대한 범죄적인 중대한 도전 행위로 보고 본당국은 즉각 사태수습에 발 벗고 나선 것입니다. 축복하여주십시오. 이제 머지않아 홍만수란 인간은, 아니 인간이 다 무엇입니까. 그는 분명히 오물입니다. 신이 잘못 점지하여 이 세상에 흘린 오물.

그가 만약에 악마가 토해낸 오물이 아닌 담에야 감히 어떻게 성조기의 산하에서 자유를 수호하는 미국의 병사를, 그의 아내의 순결을 짓밟을 수가 있었겠습니까. 전 세계의 자유민은 지금 분노의 불길을 감추지 못하고 있는 것입니다. 미 병사의 한 가정을 파괴하려는 그따위 작업에 종사하는 인종은 전 인류의 생존을 위태롭게 하는 악의 씨라는 사실에 의견이 일치했기 때문입니다. 여러분, 이제 마음의 안정을 얻으시고 박수를 보내주십시오. 자유세계의 열렬한 성원을 토대로 하여 일억 칠천여만 미국인의 납세로써 운영이 되는 본 펜타곤 당국은 이제 머지않아 홍만수란 이름의 그 징그러운 오물을 이 지구상에서 완전히 쓸어버릴 것입니다. 자유민의 안전과 번영을 옹호하는 이 역사적인 과업을 성취하기 위하여 본 당국은 수억 불이라는 이 어마어마한 지출을 무릅쓰고, 일벌백계주의에 입각하여 홍만수는 물론, 그의 목숨을 며칠이나마 돌보아준 향미산 전체의 부피를 완전히 폭발시킬 계획인 것입니다. 자, 여러분, 앞으로 남은 시간 이십 분. 향미산 기슭의 주민들은 더욱 땅 속 깊이 몸을 묻으십시오. 그리고 고개를 숙이십시오. 명령입니다."

그렇습니다. 어머니, 앞으로 남은 시간 이십 분. 이제 불과 이십 분 후면 말 그대로 지축이 흔들릴 것입니다. 우주가 요동하는 요란한 폭음과 함께 현란한 섬광은 하늘을 덮을 것입니다. 풍비박산하는 향미산의 종말. 그러면 끝나는 것이겠지요. 소위 그들의 성스러운 사명이 말입니다. 조상의 해골과 문화재와 그리고 이 향미산을 발판으로 하여 목숨을 유지하던 일체의 생물은 그 흔적도 없이 조용히 사라져주겠지요. 폐허와 침묵과, 어머니, 왜 진저리를 치십니까. 당신이 진저리를 치시는 동안, 펜타곤 당국에서는 그들의 성공을 자축하는 찬란한 축제가 벌어질 것입니다. 여인과 술과 그리고 터지는 불꽃 속에 춤은, 리듬은 전 미주를 감미롭게 덮으면서 저의 죽음을 찬미할 것입니다. 하지만 어머니, 저는 왜 그런지 조금도 떨리지 않는군요. 그렇다고 제가 지금 미국의 그 크나큰 힘과 약속을 신용하지 않는 것이 아닙니다. 하루에도 몇 갑씩이나 미국제 껌을 질겅질겅 씹어야만 직성이 풀리는 저의 형편에 원 그럴 리가 있겠습니까.

　믿습니다.

　수목과 바위와 야수와 그리고 인디언만의 복지였던 구백여만 평방킬로미터의 그 광막한 토지를 개간하여 인간의 천국을 이루었다는 소위 그 아메리칸의 초인적인 투지와 열의와 지모를 철저하게 믿는단 말씀입니다. 그렇다고 저까지 뭐 떨어야 하나요. 물론 전 세계에 천명한 그들의 약속대로 불과 이십 분 후면 저의 육체는 먼지가 되어 바람 속에 흩날릴 테지요. 하지만 저는 과히 겁나지 않는다구요. 그렇다고 제가 뭐 죽나요.

어머니.

정말 제가 지금 요만한 정도의 정세에 눌리어 온몸이 편편이 부서질 것 같습니까. 걱정하지 마십시오. 너 이놈, 뭣을 믿고 그렇게 뺑뺑거리느냐구요. 당신도 참 점잖지 못하게 뺑뺑이 다 무엇인가요. 뺑뺑이란 차륜의 경적을 본딴 아이들의 낱말인 것입니다. 저승에 가시더니 섭섭하게도 말까지 그렇게 퇴화하시는군요. 자식 된 도리로서 듣기에 참으로 민망스럽습니다. 저는 정말 아이들의 말처럼 아무런 보증이 없이 멋대로 뺑뺑거리는 것이 아니라, 어디까지나 그럴 만한 충분한 이유와 증거를 바탕으로 하여 자신 있게 여쭙는 것입니다.

어머니.

오해하지 마시고 한번 냉정한 입장에서 저의 형편을 좀 살펴봐 주십시오. 당신 생각엔 이 세상에 사나이로 태어난 만수란 녀석이 정말 이대로 한번 피어 보질 못하고 속절없이 죽어야만 할 것 같습니까.

정말 오물처럼 한번도 제 것을 가지고 세계를 향하여 서본 적이 없이 이방인들이 흘린 오줌과 똥물만을 주식으로 하여 어떻게 우화처럼 우습게만 살아온 것 같은 저의 이 칙칙하고 누추한 과거를 돌아본 때에 말입니다. 제가 이대로 아무런 말이 없이 눈을 감는다고 한번 생각하여보십시오. 결과가 얼마나 무섭겠는가를, 그러면 누구보다 먼저 하나님께서 저를 용서치 않을 것입니다. 인륜이며 천륜을 다 떠들어보아도 한 인간이 그렇게 시시하게 죽는 법은 없다고 하나님은 저를 향하여 격노할 것입니다. 뿐더러 저의 10대조인 홍길동 각하를 차후에 제가 무슨 면목으로 알현하겠습니까. 그리하여 저는 지금 인간으로서의 자격을 인정받으며 떳떳하게 한번 살아보지 않고는 도저히 죽을 수가 없는 딱한 형편에 놓여 있는 것입니다.

탓으로 핵무기의 세례가 아닌 '노아'의 홍수가 다시 한 번

지상을 휩쓸더라도 그 노아의 방주엔 제가 제일 먼저 타야 할 사람이라고 자부하는 것입니다.

안 그렇습니까, 어머니.

이제 곧 저의 육체가 이 향미산과 더불어 폭발하더라도 흩어진 저의 육편肉片은 조용히 제자리에 돌아와 줄 것이라고 저는 믿는 것입니다. 두고 보십시오 어머니, 거짓말이 아닙니다.

활빈당의 수령으로서 호풍환우呼風喚雨하는 둔갑술이며 신출귀몰하는 도술로써 썩고 병든 조정의 무리들을 혼비백산케 하신 제 선조인 홍길동의 비방을 최대한으로 활용함으로써 사후의 당신이나마 저도 한번 부모님을 기쁘게 해드릴 생각으로 저의 가슴은 지금 출렁거리는 것입니다. 기대하여 주십시오, 어머니.

그래 그런지 저는 조금도 당황하질 않습니다.

삶과 죽음과의 간격이 앞으로 불과 이십 분으로 단축되었다고 지금 귀가 아프게 떠듭니다만, 그러나 저의 마음은 추호도 동요됨이 없이 도리어 이렇게 이제야 겨우 제 세상을 만난 기분인걸요. 참으로 다행한 노릇입니다. 차분하게 가라앉는 마음. 당신도 보시다시피 저는 지금 이렇게 태연한 마음으로 향미산의 정상에 올라와 참으로 오래간만에 허리며 다리를 쭉 펴고 이 청신한 자연의 정기에 잔잔히 취하여 있는 것이 아니겠습니까.

지금 제 수족의 주변에서 부드럽게 흔들리며 미소하는 풀이며 가랑잎의 저 우아한 고전무용을 한번 감상하여 보십시오. 당신은 공연히 멋도 모르고 너무나 일찍 이 세상을 하직하신 당신의 그 어이없는 행동에 대하여 끓어오르는 회한과 고소苦笑의 형벌을 감내하지 못할 것입니다.

뿐더러 암놈을 찾아 눈알이 발갛게 상기되어가지고는 이끼 낀 바위와 돌 사이를 누비며 회전하는 다람쥐의 저 참신한 연기는 어떻습니까. 그리고 끝내 인력의 법칙에 순종하여 알알이 굴러 떨어지는 상수리며 도토리. 그런데 아 어머니, 지금 잔잔히 흔들리는 소나무 가지 사이사이로 환하게 내다보이는 파란 저것은 무엇인가요. 아 참, 하늘, 하늘이군요. 청아한 코발트, 그리고 아 투명한 성수의 빛깔. 하늘, 아 참, 어머니 저게 바로 하늘이군요. 너 이놈, 나이 삼십이 다 된 놈이 기껏 하늘을 보고 흥분하다니 부끄럽지도 않느냐구요. 물론 부끄럽습니다. 어머니, 그러나 할 수 없습니다. 저는 지금 이렇게 하늘을 처음 보는 기분인 걸요. 황홀합니다. 왜 그런지 저는 정말 생전 처음 하늘을 대하기라도 하는 것처럼 일종의 경탄과 부푼 감정으로 하여 온몸이 다 나른하게 퍼지는 것입니다. 머리 위에 항시 저렇게 싱싱한 하늘이 저를 향하여 줄줄이 흐르고 있다는 사실을 까맣게 잊고 살아온 과거. 그러니까 저는 삼십여 년이란 긴 세월을 그저 열심히 땅만을 쳐다보며 살아온 셈이지요. 누가 뭣 좀 흘린 것은 없을까. 모함과 착취와 그리고 살의에 찬 독한 시선을 피하며 오로지 연명을 위한 먹이를 찾느라고 저에게는 잠시도 머리 위를 바라볼 마음의 여유가 전연 없었는지도 모르겠습니다.

어머니, 이 비천한 자식을 이해하여주시고 제 말씀을 좀 들어주십시오.

이제 머지않아 핵무기의 집중공격으로 불꽃처럼 팡 하고 터져야 할 몸. 그렇다고 제가 죽을 리는 없습니다만, 그래도 어머니, 이 역사적인 위기의 순간에 서서 제가 아무렴 하늘 따위를 상대로 하여 이러니저러니 정감을 자아낼 리야 있겠습니까.

그리하여 제가 지금 진실로 관심을 가지고 고민하고 있는 문제는 바로 당신 자신에 관해서인 것입니다. 정말 이렇게 오래간만에 타인과의 관련이 없이 홀가분한 마음으로 자아自我의 품속에 들어와 이끼 낀 바위와 돌과 그리고 풀이며 다람쥐의 친근한 벗이 되어 하늘이 주는 청신한 정감에 흠뻑 젖어 있으려니까, 불현듯 당신의 모습이 떠올랐다는 이 희귀한 사실에 관해서인 것입니다.

  좀 허풍을 떨자면 이십 년 만의 기적이라고나 할까요. 그렇습니다. 어머니, 용서하십시오. 어느 이방인의 배부른 소견으로 보면 돌아가신 어머님이 생각났다는 이 남의 자식 된 도리로서 백번 지당한 사실을 가지고 기적이니 뭣이니 하며 대서특필하는 저의 정신 상태를 의심하겠지요. 미친놈이 아니면 후레자식의 소행이라고 말입니다. 하지만 저는 할 수 없습니다. 무슨 일이 있더라도 저는 당신을 잊어야만 했으니까요. 그 길만이 제가 사는 길이었다면 당신은 노하시겠습니까. 그리하여 저는 제 의식의 깊은 밑바닥에서조차 당신에 관한 일체의 기억을 쓸어버려야만 했던 것입니다. 따지고 보면 천벌을 받을 놈이지요.

하지만 어머니, 이런 세상에서 어떻게 굶어 죽지 않고 맞아 죽지 않고 용케 목숨을 이어가자면 말입니다. 너 이놈, 덮어놓고 이런 세상이라니, 그게 도대체 무슨 세상이냐구요. 참 당신도, 딱도 하시군요. 뭘 그렇게 소소한 문제에까지 일일이 질문을 하십니까. 의문은 발명의 바탕이라고 하지만 그것도 다 칠판 밑에서 학생들이나 할 소리지, 다 큰 어른이 그런 소릴 하면 병신 대접을 받습니다. 이런 세상이란 말할 것도 없이 이런 세상이란 사실을 구체적으로 표현할 수 있는 자유마저 없는 세상이 바로 이런 세상이지 뭡니까. 뭐라구요. 그런 정도의 설명을 가지곤 잘 모르시겠다구요. 정 그러시다면 할 수 없습니다. 역시 이런 세상에서 직접 살아보지 않고는 끝끝내 모르실 테니깐요. 그런 면으로 봐선 저도 역시 행복한 연대를 사는 일종의 특혜족인지도 모르겠습니다. 저는 지금 모든 것을 대충은 다 알고 있으니깐요. 민중을 위해서 투쟁한 별다른 경험이나 경륜이 없어도 어떻게 '반공'과 '친미'만을 열심히 부르짖다 보면 쉽사리 애국자며 위정자가 될 수 있는 것 같은 세상이란 것도 알고요, 오로지 정치자금을 제공한 몇몇 분들의 이익과 번영만을 위해서 입법이며 행정이 민첩하게 움직이는 것 같다는 사실도 잘 알고 있지 않습니까.

좌우간 어머니.

이런 세상에서 어떻게 저와 같은 비천한 백성이 천명을 다하기 위하여 땀을 뻘뻘 흘리노라면 말입니다. 하늘을 바라볼 여유가 없었듯이 또한 뒤를 돌아다볼 마음의 여유가 전연 없었는지도 모르겠습니다. 말하자면 저 자신도 모르는 사이에 자연히 기억상실증 환자가 되어버리는 셈이지요. 이렇듯이 과거를 잊은 자의 수중에 무슨 미래란 이름의 황홀한 상태가 준비되어 있을 턱이 있었겠습니까.

어머니.

저승에 계신 어느 유력한 분에게라도 잘 좀 말씀을 드려서 저도 좀 창조하는 역사의 대열에 서게 하여주십시오. 과거의 잘잘못을 가리어, 현재를 재단하고 미래를 점친다는 인간의 그 아름다운 역사의 행렬에 말입니다. 누구의 뜻으로인지 역사에서 완전히 철거당한 저의 심정은 지금 짐승처럼 외롭기만 합니다.

그렇다고 어머니, 너무 오해하지 마십시오. 실상 저는 지금 말이 그렇지 적어도 홍길동의 혈액을 이어받은 저의 이

독한 의지며 총명한 두뇌로써 아무렴 그까짓 역사에서 제외되었다는 정도의 하잘것없는 일로 하여 당신을 잊었을 리야 있겠습니까. 솔직하게 말해서 저는 당신을 잊기 위한 의식적인 노력 끝에 당신을 겨우 잊을 수가 있었던 것입니다. 알아주십시오. 당신이 돌아가신 이후 저는 줄곧 저의 의식에서 출몰하는 당신에 관한 일체의 기억을 소탕하기 위하여 얼마나 고심했는지 모른답니다. 일상 저의 눈앞에 당신이 떠오른다는 그것은 저에게 있어선 참으로 무서운 형벌이며 동시에 치욕이라고 생각되었기 때문입니다. 그러니까 저의 과거란 모름지기 당신을 잊어버리기 위한 가열한 투쟁사의 한 장면이었다고나 할까요. 뭐라구요. 듣자 하니 너 이놈 천하에 죽일놈이라구요. 말로만 그렇게 탓하지 마시고 이 자식을 좀 가차 없이 처벌하여주십시오. 제아무리 혹독한 벌이라도 당신이 주시는 거라면 암말 없이 언제나 달게 받을 용의가 준비되어 있습니다.

어머니.

그러나 당신을 잊기 위한 노력이 곧 제가 행사할 수 있는 유일한 효도의 문으로 통하는 길이었다면 당신은 이 자식을 더욱 나무라 주시겠습니까. 그러셔도 할 수 없습니다. 어쨌든 저는 당신을 잊어야만 했으니까요. 자, 그럼 한번 들어주시겠습니까.

왜 그런지 당신을 생각할 때마다 저에게는 당신의 그 눈이며 코며 입이 자아내는 자애로운 표정이 아니라, 항시 협박하듯 당신의 음부만이 커다랗게 확대되어가지고는 저의 시야를 온통 점령하는 것이었습니다. 이렇듯이 망측스러운 환상을 지우기 위하여 저는 밤낮없이 머리를 흔들어야 했거든요. 그리고 눈을 꼬집고 뒤통수를 때려야만 했습니다. 하지만 그럴수록에 당신의 음부는 더욱 그 색채며 형태가 또렷하여지면서 발광하듯 움직이더군요. 참으로 환장할 노릇이었습니다. 어찌 보면 더럽고도 무서운 그리고 때로는 황홀하기조차 한 빛깔이며 형태로서 당신의 음부는 민첩하게 신축하는 것이었습니다. 그럴 때마다 저는,

"어, 어머니!"

신음하듯 당신을 부르며 질겁을 했었지요. 그리고 때와 곳을 가리지 않고 몽유병자처럼 방황하여야만 했습니다. 아, 징그러운 동작으로 눈앞에서 항시 스멀스멀 움직이며 흔들리는

음부, 음부, 음부의 집산集散. 그래도 제가 용케 미치지 않은 까닭은 저의 조상인 홍길동의 피가 저의 온몸을 잔잔히 흐르며 도와주었기 때문인지도 모르겠습니다.

어머니.

겨우 여남은 살짜리 철부지였던 저의 눈앞에 그 세밀한 부분에 이르기까지 낱낱이 공개하여주신 당신의 그 음부가 이렇게 오래도록 한 인간의 가슴속에 깊은 상흔을 남길 줄이야 당신도 미처 모르셨겠지요.

왜, 기억하시겠습니까. 그러니까 벌써 이십 년 전인가요.

온몸을 훑는 환희와 흥분과 좌우간 그런 것으로 하여 당신의 숨결이 다 고르지 못하게 흔들리던 날의 그 아기자기한 정경이 말입니다.

그날 당신은 동생 분粉이와 저를 한 아름에 꼭 껴안으시고 온밤을 꼬박 뜬눈으로 새우셨지요.

"아가야, 이제 아빠가 오신단다."

"뭐, 아빠가?"

"그럼, 아빠가 오시잖구. 이젠 해방이 된 거야."

"해방?"

"암, 해방이 되구말구. 미국이 말이지, 일본놈을 아주 쳐부
순 거란다. 그러니깐 아빠 이제 일본놈들을 피해 다니지 않아
도 괜찮게 된 거야. 이젠 되레 일본놈들이 아빨 피해 다닐걸.
무서워서 말이지. 히히히. 암, 그렇구말구. 너희 아빠가 아주
얼마나 무섭구 훌륭한 사람이라구. 분아, 만수야, 그렇지?
응? 어서 말해봐. 그렇지, 응?"

이렇게 자꾸 당신이 독촉하는 바람에 얼핏 그렇다고 대답
은 했었지만 저는 영 무슨 영문인지 알 수가 없었습니다.

하지만 그때 저희들의 그 멋없는 대답에도 당신은 정말 눈
물이 핑 돌만치 엄청나게 감격하시더군요. 연시처럼 빨갛게
달아오른 양 볼로 저희들의 온몸을 부지런히 문지르시면서,

"아이고, 요것들 참 착하기도 하다. 분아, 만수야, 암, 그렇
구말구. 이제 뭐 걱정이 있나. 아빠의 소원대로 이젠 우리나
라도 독립을 하것다, 아빠도 오실 거구, 그럼 이젠 뭐 잘 살
게 되는 거지. 암, 그렇구말구. 분아, 만수야, 우리도 이젠 마
음 놓고 잘 살게 되는 거야. 알겠어? 응, 아빠와 함께 말이
지."

자신만만한 투로 연방 잘살게 된다는 말만을 되풀이하시던

당신. 그때 저는 무엇인가 평상시의 당신의 말씀과는 전혀 그 격조가 다른 높고 떨리는 말씀 앞에서 괜히 가슴이 울렁거리던 일을 기억하고 있습니다. 돌연 당신의 입에서 쏟아져 나온 그 미국이니 해방이니 독립이니 하는 낱말들은 생경하기 짝이 없었지만, 그러나 아빠가 오신다는 이 뜻하지 않은 말과 함께 좌우간 당신의 그전에 없이 황홀한 표정으로 미루어보아, 근근 저희들에게도 무엇인가 졸연치 않은 일들이 닥쳐올 것만 같은 부푼 기대와 감동으로 하여, 저도 당신 못지않게 온몸이 하늘로 붕 뜨는 기분이었지요.

그 후 낮과 밤을 가림이 없이 약수에 목욕하고 빈번히 옷 매무새를 가다듬으면서 하늘을 향하여 정성껏 두 손을 모으시던 당신. 그 옆에서 저도 무조건 무릎을 꿇었잖아요.

'아빠가 오신다.'

좌우간 이 말은 미국이니 뭣이니 하는 어려운 말 따위와는 비교가 안 되게 어린 저의 마음을 흡족하게 하여준 탓이었겠지요. 언젠가 한번 건넌방에서 흘깃 보고 만 그분이, 수염이 많고 눈이 부리부리하시던 그분이, 그리고 손을 꼭 잡힌 채 엄마가 흑흑 느껴 우시던 그분이 정말 아빠라면, 우리 아빤

힘이 세고 무서운 사람임에는 틀림없겠고, 그렇게 무서운 사람과 함께 한집에서 사노라면 평소에 나를 업신여기고 못살게 굴던 이웃집 돌만이며 태식이 따위는 그저 영 맥을 못 추고 말 것이라는 저의 속셈이 크게 작용한 탓이었는지도 모르겠습니다. 어쨌든 그리하여 저도 끝까지 긴장된 마음으로 당신을 따라 하나님께 부탁했었지요.

"하나님, 우리 아빠를 빨리 보내주세요. 우리 집 세 식구는 이렇게 지금 아빠만을 눈이 빠지게 기다리고 있거든요. 하루속히 아빠의 그 훌륭한 모습을 볼 수 있게 해주세요, 네."

여기까진 그래도 당신의 기도 소리와 별반 차이가 없었지만 저는 그때 무슨 딴생각이 있어 그랬는지,

"엄마는 밤마다 목욕하고 머리 감고, 그리고 아주 색시처럼 예쁘게 차리고는 아빨 기다리고 있거든요."

이런 뚱딴지같은 소리를 멋대로 첨가하는 바람에 당신은 더욱 상기된 얼굴로 저를 지그시 내려다보시며 약간 눈을 흘기는 듯하시다간 이내 미소를 지어 보이시던 당신의 그 아름다운 모습을 저는 지금도 잊지 않고 있답니다.

어머니.

아마 그러던 어느 날이었지요.

밤새 지우고 찢고 하면서 정성껏 만든 태극기와 성조기를 앞세우고 나는 듯한 걸음으로 무슨 환영대회에 나가시던 날이 말입니다. 그리고 그날 저녁 늦게 당신은 절망스럽도록 이지러진 표정으로 짐승처럼 해괴한 소리를 치시며 돌아오시지 않았습니까. 저는 다만 아연할 뿐이었습니다.

도대체 어찌 된 판인가.

흩어진 머리에 갈가리 찢긴 옷하며 벌겋게 독이 오른 눈, 그리고 피 묻은 자국하며 떨리는 입술.

이렇듯이 전혀 엄마 같지 않은 무서운 모습을 하고 출현하신 당신을 대하고 분이와 저는 숨 한 번 제대로 못 쉬고 벌벌 떨기만 했었지요. 불과 한나절 사이에 엄마가, 아니 하나의 인간이 이렇게도 원 딴판으로 변할 수가 있을까. 무엇인가 졸연치 않게 즐거운 일이 생길 것만 같던 저의 부푼 기대는 순간, 사지가 떨리는 불안과 공포의 덩어리로 돌변하더군요. 정말 졸연치 않은 일이었습니다.

그때 당신은 철없는 저희들 앞에서 무슨 짓을 하셨는지 아십니까.

참 망측스럽게도 당신은 우선 옷을 벗더군요. 연방 숨을 거칠게 몰아쉬면서 갈가리 찢어진 치마와 저고리는 물론, 속곳이며 내의 그리고 구겨진 팬티까지를 훌렁 벗어던진 당신은 알몸이었습니다. 처음 보는 여인의, 아니 엄마의 알몸, 저는 무서운 것도 무서운 것이었지만 공연히 부끄러워서 그만 온몸이 착 하고 눌어붙는 기분이더군요. 땀이 났습니다. 그러나 당신은 저희들의 이 난처한 사정은 조금도 돌보지 않으시고 그 환히 들여다보이는 가랑이 사이의 그것을 마구 쥐어뜯으시더니, 고만 벽이 흔들리게 고함을 치시더군요.

"아이고, 이 천하에 때려죽일 놈들앗, 내가 뭐 너희들을 위해서 밑구멍을 지킨 줄 아냐! 엉! 이 벼락을 맞을 되지못한 것들앗. 흥! 어림없다. 아이고, 내사 원통해. 그러니 우리 남편만 불쌍하지. 아 글쎄 나도 사위스러워서 제대로 만져보지 않은 밑구멍을, 아 어떤 놈 맘대로 찔러! 이 더러운 놈들앗! 아이고, 더럽다, 더러윗."

연신 이렇게 더럽고 분하다면서 당신은 아무 데나 대고 침을 탁탁 뱉으셨습니다. 당황한 저는 정말 말로만 듣던 지옥에 들기라도 한 것처럼 모든 것이 온통 무섭게만 보이더군요. 순간, 당신은 민첩하게 저의 머리를 낚아채시더니 아 억지로 저의 얼굴을 당신의 가랑이 사이에 바싹 갖다 대는 것이 아니겠습니까. 확 끼치는 악취, 그리고 두려움. 하나 당신은 잠시도 무슨 여유를 주지 않고,

"자, 보란 말이다. 이놈의 새끼야. 아 내 밑구멍을 좀 똑똑히 보란 말이엿. 아이고 분해, 이놈의 새끼야, 좀 얼마나 더러워졌나를 눈을 비비고 좀 자세히 보란 말이엿."

그러면서 밑에 갖다 댄 저의 골통을 사정없이 쥐어박으시더군요. 저는 아마 파랗게 질렸었지요. 저는 그때 광란하듯 흔들리는 당신의 손을 꼭 붙잡고는,

"아이고, 엄마, 엄마."

잘 울지도 못하고 부들부들 떨었던 기억만이 지금 어렴풋이 남아 있으니깐요. 하지만 어머니, 당시 저는 그렇게 수습할 수 없는 경황 중에서도 당신의 가랑이 사이에 참으로 예기치 않았던 기이한 형태의 기관이 있었음을 발견하고 놀라움과 동시에 일종의 쾌감 비슷한 감정으로 하여 아랫도리가 다 자르르 흔들렸다면 그래도 당신은 저를 자식으로 생각하여주시겠습니까. 마음대로 하십시오. 그때 당신은 참 어린 저

희들에게 너무하셨으니까요. 이제 와서 어떻게 생각하시건 별로 섭섭하진 않습니다. 관심도 없구요.

어쨌든 당신은 미군한테 겁탈을 당하고 미쳤다는 이러한 소문이 파다하게 퍼지는 가운데 알몸이 되어 얼마 동안이나 식음을 전폐하시더군요. 그리고 연방 무슨 소린지 모를 소리를 지르시며 사타구니만을 열심히 쥐어뜯으시던 어느 날, 당신은 갑자기 목구멍이 터져라 하고,

"이 죽일 놈들아! 날 죽여다오."

애절하게 외마디 소리를 치시더니 영 그냥 눈을 감고 마셨습니다.

어머니.

용서하여 주십시오. 아까도 대충 말씀드렸지만 그 후 저는 당신을 생각할 수가 없었습니다. 꿈결처럼 당신을 빼앗긴 아쉬움이, 억울함이 제아무리 거세더라도 저는 이를 악물면서 당신을 잊어야만 했거든요. 불효스럽게도 당신에 관한 생각을 떠올리기만 하면 뭣보다도 먼저 당신의 그 흉측한 음부가 커다랗게 확대되어 가지고는 저의 눈앞을 탁 가로막는 것이 아니겠습니까. 참으로 미칠 노릇이었습니다. 한 인간이 미친다

는 사실이 그 얼마나 더럽고 창피스러우며 또한 무서운 노릇이던가를 당신을 통해 뼈가 아프게 체험한 저는 오로지 미치지 않기 위해서라도 당신을 꼭 잊어야만 한다는 것이 어느결에 제 인생의 무슨 신조처럼 굳어버렸던지도 모르겠습니다.

어머니.

따지고 보면 제가 아직까지 한 번도 당신의 유택을 찾지 않은 까닭도 실은 그러한 제 인생의 신조를 관철하기 위한, 부득이한 조처였다면 무어라 책망하여주시겠습니까.

하지만 어머니, 이젠 당신이 묻힌 자리를, 그 유택을, 자식된 도리로서 제아무리 찾고 싶어도 도저히 찾을 수가 없는 딱한 형편에 저는 지금 놓여 있는 것입니다. 이제 와서 새삼스럽게 무슨 변명을 하려느냐구요. 원, 천만의 말씀을 다 하십니다.

자, 보십시오.

도시의 미관과 경제의 성장을 위해서 이십여 년이나 당신이 누워 계시던 자리엔 지금 빌딩이 하늘을 향하여 요란스럽게 빛을 던지고 있답니다. 다시 말하면 요정이, 은행이, 호텔이, 그리고 외인상사가 당신의 유택을 강점하여 도시의 미관이란 미명하에 빌딩이란 이름으로 둔갑을 하고 있는 거죠. 왜 섭섭하십니까. 뭐라구요? 거 참 잘된 일이라구요. 원래가 땅이란 그렇게 죽은 사람보다 산 사람의 편에 서서 효과적으로 이용되어야 한다는 말씀이시죠.

정말 옳으신 말씀이십니다.

하지만 저렇게 풍부한 빌딩의 밀림 속에서도 저와 같은 비천한 백성이 마음놓고 출입할 수 있는 단 한 짝의 문과, 기진한 몸을 풀기 위하여 잠시 휴식할 수 있는 단 한 평의 면적이 마련되어 있지 않다면 당신은 어떻게 하시겠습니까. 허허 참 난센스라구요. 저승에는 그런 법이 없다, 이 말씀이시죠. 참 당신도, 저승과 이승을 그렇게 오래도록 혼동하고 계시면 염라대왕에게 미안하지도 않습니까.

좌우간 이승에 뿌리박은, 아니 내 조국 대한민국에 자리잡은 그 빌딩이란 이름의 호화스런 인간의 거처는 말입니다. 기이하게도 항시 이방인과 몇몇 고관과 그리고 그들의 단짝만을 위해서 문호를 환히 개방하고 있을 뿐, 저희들에게 있어서는 언제나 흔들어도 열리지 않는 깊은 유택이며 동시에 높은 신전神殿이었습니다. 어머니, 오해하지 마시고 빌딩의 층과 수가 번창하여 갈수록 이렇게 자꾸만 밑으로 패망하여가는 저희들의 이 참담한 생활을 한번 굽어보아주십시오. 그리하여 저는 빌딩이 첩첩하게 쌓인 번화가를 거닐 때마다 감히 고개를 바로 쳐들 수가 없는 형편인 것입니다. 영롱한 빛으로 장식된 빌딩의 저 깊은 밀실에서는 오늘도 우리들을 이 이상 더 못살게 하기 위한 무슨 가공할 음모가 기필코 꾸며지고 있을 성싶은 그런 일종의 피해의식이 번번이 저의 뒤통수를 억압하는 탓이라고나 할까요.

어지럽습니다.

빌딩, 어제도 오늘도 당신의 유택을 짓밟고 동시에 저를 억누르면서 하나씩 둘씩 일어서는 빌딩의 저 희멀건 낯짝을 좀 보십시오. 당신은 골이 흔들리지 않습니까. 너 이놈, 네가 지금 빌딩을 감상하고 있을 때냐구요. 딴소릴 하시는군요. 뭐 이제 십 분이 남았다구요. 아 그까짓 십 분이면 어떻고 일 분이면 어떻습니까. 그렇다고 뭐 제가 죽나요. 글쎄 저는 도저히 이대로는 죽을 수가 없다고 하잖았어요. 그런데도 당신은 도대체 제 말씀을 뭘로 아시고 번번이 헛소릴 하십니까. 섭섭합니다. 아, 당신은 아직 리시버에서 귀를 떼지 않으셨군요.

암만 들어도 결국 그 소리가 그 소리인 것을. 그래도 한번 들어두는 것이 제 신상을 위해서 좋을 것 같다구요. 하하 참, 어디 계시건 자식 생각은 여전하시군요. 젠장, 그럼 한번 들어보지요.

"기대하여 주십시오. 전 세계의 시민 여러분. 앞으로 십 분, 이제 단 십 분 후면 오물을 파괴하는 아름다운 섬광이 여러분들의 심신을 황홀한 도취의 광장으로 안내할 것입니다. 자, 보십시오. 인간의 자유와 번영을 수호하는 미 병사의, 아니 미 병사의 아내를 강간한 자의 말로가 얼마나 참혹하고 싸늘한가를 말입니다. 자, 감상하여 보십시오. 오물은 쓸어야 하는 것입니다. 악의 씨는 송두리째 뽑아야 하는 거구요. 악의 씨를 뽑기 위한 이 성스러운 작업에 투자한 액수가 물경 삼억 불. 여러분, 똑똑히 보시고 역사의 증인이 되어주십시오. 악의 씨가 폭발하는 이 역사적인 광경은 본 펜타곤 당국이 선발한 프런티어 텔레비전이 코스모스 위성을 통해서 지구의 곳곳마다 선명하게 잘 전하여 줄 것입니다. 이 저주받은 강간 자여! 미국의, 아니 자유민의 명예에 똥칠을 한 간악한 범법자여! 천벌을 받으라."

기가 막히는군요. 저보고 뭐 강간자라구요. 이게 다 거의 헛소리라면 당신은 저를 믿어주시겠습니까. 아니, 설혹 제가 부득이한 사정으로 강간을 했다면 왜 천벌을 받습니까. 당신을 강간하여 저승으로 인솔하기까지 한, 어떤 코 큰 친구도 천벌을 받았다면 혹시 또 모르지만 말입니다.

"글쎄. 너 이놈."

안색이 아주 좋지 않으시군요. 어서 노여움을 거두십시오. 홍길동의 자손인 나 만수란 녀석이 아무렴 그따위 못된 짓을 했을 리야 있겠습니까. 혹시 엉겁결에 제가 강간 비슷한 짓을 했을지는 모릅니다만. 솔직하게 말해서 제 말씀은 말입니다. 오랜 세월 가슴에 쌓이고 쌓인 무슨 한恨과 같이 항시 저를 들볶아오던 한 가지 크나큰 의심을 풀어본 것에 지나지 않는다 이 말씀이거든요. 무슨 말이 그러냐구요. 그러시겠지요. 실은 진작 자세한 말씀을 여쭙고 싶었지만, 그러면 혹시 당신의 노여움이 지나쳐서 또 한 번 발광하는 사태가 벌어지면 어쩌나 하는 걱정 때문에 아직 자세한 말씀은 보류하고 있었던 것입니다.

뭐라구요?

아하 참, 그러십니까. 죽은 사람의 심장은 하도 냉해서 그럴 리가 없으시다구요. 그러니까 제아무리 자극적인 끔찍한 말에도 절대로 무슨 충격을 받을 염려가 없다 이 말씀이시지요. 좋습니다. 그걸 제가 아직 몰랐었군요. 그럼 이제 안심하고 당신 앞에선 그 어떠한 내용의 말씀도 서슴지 않을 생각입니다. 놀라지 마십시오. 쉽게 요점만을 말씀드리자면 천하에 둘도 없이 기른 당신의 소중한 딸이며 동시에 저의 누이동생인 분이가 아, 어이없게도 당신을 겁탈한 바로 그 장본인일지도 모르는 어느 미 병사의 첩 노릇을 하게 되었다는 이야기인 것입니다. 미 제 엑스 사단의 스피드 상사. 어머니, 왜 약속하시지 않았습니까. 절대로 몸을 떨지 마십시오. 역시 불가항력이었으니깐요. 그럼 생각하여 보십시오.

당신이 가신 이후 그렇게도 염원하던 아빠의 모습은 보이질 않고 그리하여 끝내 유배 가듯 분이와 함께 그 가난한 외가를 찾은 저희들의 형편은 그동안 참 말이 아니었습니다.

"야, 야, 야."

듣기 싫다 이 말씀이지요. 알겠습니다. 저도 숫제 입을 봉하는 편이 좋겠군요. 좌우간 세상물정을 조금 알기 시작할 무렵 저와 돌연히 충돌한 6·25니 피난이니 입대니 하는 그 쓰라린, 아니지요 어머니, 쓰라린 정도의 형용사를 가지곤 어림도 없습니다. 어쨌든 그렇게 천벌 비슷한 재앙의 노정을 무사히 겪었다고나 할까요. 하지만 그때 군복을 벗고 터벅터벅 돌아온 저의 그 파리한 몸 하나를 어디 비집고 처넣을 데가 없더군요, 세상엔. 막막했습니다. 걸식과 방황과 그러나 그때만 해도 대한민국에서 신은 아직 완전히 주무시진 않던 모양이었습니다. 돌연 제 앞에 한 아름다운 여인이, 분이가 등장해 주었으니깐요. 감격했습니다. 분이는 모든 것을 숨기지 않더군요. 물론 당신처럼 미친 모습도 아니었구요. 도리어 분이는 무엇인가 행운을 잡은 듯한 표정으로 스피드 상사와의 관계를 자랑스럽게 털어놓는 것이 아니겠습니까. 순간 저는 하늘이 까맣게 내려앉는 느낌이었습니다. 가슴이 꽉 막히면서 누구한테 고문이라도 실컷 당하고 나야만 속이 풀릴 것 같은 심정이었지요. 그리하여 한참이나 저는 말을 못하고 넋 빠진 사람처럼 그저 그렇게 멍하니 서 있으려니까, 갑자기 분인 저의 앙상한 가슴에 얼굴을 파묻고는 흑흑 느껴 울더군요. 그리고 밑도 끝도 없이 오빠의 용서를 바란다고 조르는 것이었습니다. 하지만 저는 남에 일에 관여할 만한 기력이 없었거든요. 정말입니다. 한 인간을 책망하거나 용서하는 일에 착수하기 전에 우선 뭘 좀 먹고 한잠 푹 자고 싶은 욕망만이 저를 위협하고 있었으니깐요. 아, 난처한 저는 끝내 윗사람으로서 이런 경우 도대체 무슨 말을 해야만 좋을지를 몰라서 망설이기만 하다가, '엄마 엄마.'

턱없이 당신을 부르며 병신처럼 목 놓아 울었다면 어머니, 저와 같이 지질한 인간은 저승에 가서도 필경 놀림거리가 되겠지요. 알겠습니다. 순간 분이는 오빠의 그러한 심경을 대충 짐작하겠다는 듯이 한번 빙긋 웃고는 조용히 자기의 거실 바로 옆방으로 저를 안내하여주더군요. 따뜻했습니다. 우유와 버터와 초콜릿과 껌 등이 자아내는 향기 속에서 저는 목석처럼 순종했었지요. 그리하여 저는 분이가 지시하는 대로 지금껏 세칭 소위 그 양키 물건 장사에 종사해온 것이 아니겠습니까.

어머니.

너 이놈, 그년을 그저 당장에 박살을 내지 못한 놈이 무슨 염치로 잔소리가 그리 심하냐구요. 너무 흥분하지 마십시오.

당신 같아도 아마 속수무책이었을 겁니다. 불효막심한 말씀이긴 합니다만 만약에 당신이 지금 살아 계시다면 당신마저 솔선 이방인들에게 몸을 바치지 못하여 안달하는 사태가 벌어질지도 모르지 않습니까. 아 어머니, 진정하여주십시오. 뭐라구요. 에미를 모욕하는 너와 같은 종자는 그저 당장에 주둥아릴 찢어놓아야 한다구요. 매우 지당하신 말씀이십니다. 하지만 제가 아무리 막된놈이기는 할망정 그래도 의로움의 화신인 홍길동의 자손인데 추호라도 원 당신의 인격을 모욕할 의사야 있었겠습니까. 용서하여주십시오. 제 말씀은 말입니다, 생전에 당신이 그렇게도 부잣집 맏며느릿감이라고, 그 품행이며 미모를 입이 닳도록 칭찬하여주시던 옥이도 숙이도 그들은 지금 이방인들의 호적에 파고들어갈 기회를 찾지 못하여 거의 병객처럼 얼굴에 화색을 잃어가고 있다는 사실을 말씀드리고 싶었을 뿐입니다. 그것 참 기절초풍할 노릇이라구요. 물론 그러시겠지요. 그러나 어디 여인들뿐인가요, 사나이도 마찬가지인 것입니다. 대학을 둘씩이나 나왔다는 어떤 친구도, 양키를 매부로 삼은 저를 다 무슨 특혜족으로 인정하는지 저를 볼 때마다 사뭇 비굴한 웃음을 지으며 미국으로 통하는 길 좀 열어달라고 호소하는 형편이니 뭐 다 알 노릇이 아닙니까. 이러한 주변의 어이없는 분위기와 접촉할 때마다 저는 무엇인가 통쾌한 그러면서도 형언할 수 없는 울분으로 하여 절로 주먹이 쥐어지면서 청중도 없는데 공연히 열변을 토하는 수가 있다면 당신은 눈살을 찌푸리시겠지요.

"이 견딜 수 없이 썩어빠진 국회여 정부여, 나 같은 것을 다 빽으로 알고 붙잡고 늘어지려는 주변의 이 허기진 눈깔들을 보아라. 너희들은 도대체 뭣을 믿고 밤낮없이 주지육림 속에서 헤게모니 쟁탈전에만 부심하고 있는가. 나오라, 요정에서 호텔에서 관사에서, 그리고 민중들의 선두에 서서 몸소 아스팔트에 배때기를 깔고 전 세계를 향하여 일대 찬란한 데몬스트레이션을 전개할 용의는 없는가. 진정으로 한민족을 살리기 위해서 원조를 해줄 놈들은 끽소리 없이 원조를 해주고 그렇지 않은 놈들은 당장 지옥에다 대가리를 처박으라고 전 세계를 향하여 피를 토하며 고꾸라질 용의는 없는가. 말하라, 말하라."

온몸에 땀이 번지도록 된 소리 안 된 소릴 이렇게 마구 지껄이다 보면 저는 고만 문득 멋쩍고 부끄러운 생각에 고개를 바로 쳐들 수가 없는 것입니다. 혹시 옆에서 누가 엿들은 사람은 없을까. 원, 큰일 날 소리. 정말 그랬다면 문제없이 나를 향하여 미친놈이라고 손가락질을 했을 것은 뻔한 이치가 아닌가. 순간 저의 온몸엔 소름이 쭉 돋아나는 것입니다. 그리하여 저는 무슨 일이 있어도 당신처럼 그렇게 미쳐서는 안된다는 생각에 하루에도 몇 번씩이나 마음을 가다듬으면서 입을 닥쳐야만 했던 것입니다. 다시 말하면 분이의 소행을 책하기 전에 먼저 오빠 된 사람으로서 분이의 건강을 염려해주어야 했다는 말씀입니다. 뭐, 시끄럽다구요. 아무리 시끄러워도 들어주실 것은 다 들어주셔야 하지 않겠습니까.

어머니.

참말이지, 스피드 상사가 저녁마다 분이에게 가하는 그 우려할만한 사태에 접하고 저는 항시 입맛이 썼던 것입니다. 당황했거든요. 원 그럴 수가 있을까. 저와 같은 인간의 상식을 가지고도 도저히 이해할 수 없었던 것입니다. 뭐냐구요. 참어이없게도 스피드 상사는 밤마다 분이의 그 풍만한 하반신을 이러니저러니 탓잡아가지고는, 본국에 있는 제 마누라 것은 그렇지가 않다면서, 차마 입에 담지도 못할 욕설과 폭언으로써 분일 못 견디게 학대하는 것이 아니겠습니까. 제가 보기엔 그렇게도 탐스러운 한 송이의 꽃이, 그 곱고 부드러운 피부며 아기자기한 둔부의 곡선이, 그리하여 보기만 해도 절로 황홀한 쾌감을 자아내는 분이의 그 아름다운 육체가 무엇 때문에 밤마다 그렇게도 잔인한 곤욕의 장을 겪어야만 하는가. 저의 재능으로는 도저히 알 수가 없었던 것입니다. 뿐더러 어떤 날은, 심지어 국부의 면적이 좁으니 넓으니 하며 가증스럽게도 분일 마구 구타하는 일조차 있다는 사실에 이르러서는 실로 아연할 뿐이었습니다. 그래도 용케 아무런 항변이 없이 스피드 상사의 그 스피디한 발길질을 견디며 간간 '아야, 아야'하고 울기만 하는 분이의 그 가느다란 울음소리가 들려올 때마다 저는 무엇인가 무너져 내리는 아픔과 압박감을 느끼며 저도 분일 따라 병신처럼 울어야만 했던 것입니다. 그리고 하나의 크나큰 의문에 싸이어 안절부절 못했었지요. 그것은 스피드 상사가 항시 본국에 있다고 자랑하는 미세스 스피드의 하반신에 관한 의문 때문이었습니다. 도대체 그 여인의 육체는, 아니 밑구멍의 구조며 그 형태는 어떨까. 좁을까 넓을까, 그리고 그 빛깔이며 위치는. 좌우간 한번 속 시원하게 떠들어보고 의문을 풀어야만 미치지 않을 것 같은 심정이었습니다.

어머니.

이렇듯이 절박한 의문을 하루속히 풀어보고 싶은 충동으로 하여 온몸이 다 벌겋게 달아올라가지고는 전혀 일이 손에 잡히지 않던 어느 날, 그러니까 며칠 전이었지요. 저에게는 마음의 혼란을 일으킬 만치 뜻하지 아니한 행운의 찬스가 찾아온 것입니다. 돌연 제 앞에 그 문제의 주인공인 스피드 상사의 부인이, 비취란 이름의 아름다운 애칭을 가진 여인이 출현해준 것이었거든요. 정말입니다. 저도 처음엔 혹시 이게 꿈이 아닌가 의심했었지만 결국 정말이었습니다. 오로지 남편을 보고 싶은 일념으로, 아니 풍문으로만 듣던 그의 전공戰功과 노고를 좀 더 가까이에서 실감해 보고픈 욕심으로 비취 여사는 만사 제쳐하고 코리아를 찾아왔다는 설명이었습니다. 왕관 비슷한 모자를 쓰고 성조기 무늬의 화려한 백을 든 비취 여사의 그 쭉 뻗은 각선은 실로 절경이더군요. 순간 저는 탄복했습니다. 비취 여사의 미모 때문이 아니라, 이렇게도 쉽사리 의문을 풀 수 있는 기회를 제공하여주신 신의 그 깊은 배려가 가슴이 아리도록 고마운 탓이었습니다. 저는 잠시도 주저할 필요가 없었지요. 다음날 저는 곧 제 조국의 산하를 소개하여주겠다는 명목으로 스피드 상사의 양해하에 비취 여사를 이 향미산의 정상으로 유인한 것이 아니겠습니까. 그때 저는 정말 그녀의 하반신을 한 번 관찰함으로써 저의 의문을 풀고 싶었을 뿐, 그 외의 다른 아무런 흉계도 흑막도 없었거든요. 어머니, 믿어주십시오. 그리하여 저는 비취 여사를 향하여 사뭇 공손한 태도로, 제 조국의 산하를 설명하기 전에, 먼저 반만년의 역사에 빛나는 대한민국의 이름으로 여사에게 한 가지 청이 있다고 정중하게 말했던 것입니다. 그러자 여사는 그 청이란 게 대관절 뭐냐면서 방긋 웃어 보이더군요. 저는 솔직하게 고백하듯 말했던 것입니다.

"미안하지만 옷을 좀 잠깐 벗어주셔야 하겠습니다."

"뭐라구요?"

여사는 금시로 눈이 휘둥그레지더군요. 하지만 저는 시종 침착한 어조로, 여사의 하반신 때문에 밤마다 곤욕을 당하는 분이의 딱한 형편을 밝히고, 탓으로 단 하나인 누이동생의 건강을 보살피자면 부득불 나는 여사가 지닌 국부의 그 비밀스러운 구조를 확인함으로써 그 됨됨을 분이에게 알려주어, 분이가 자신의 육체적인 결함이 어디에 있는가를 자각케 하여 그 시정을 촉구하는 방향으로 나가야 하지 않겠느냐는 오빠로서의 입장을 확실히 하자, 순간 여사는 표정을 이상하게 구기면서 몸을 부르르 떨더니,

"갓뎀!"

비명 비슷한 소리와 함께 번개같이 저의 한쪽 뺨을 후려치는 것이 아니겠습니까. 아찔하더군요. 일껏 신이 저를 생각하여 점지하여주신 행운의 찬스를 바야흐로 놓치는 것만 같은 두려움이 엄습한 탓이었습니다. 순간 저는 고만 엉겁결에 왈칵 여사의 목을 누르면서 성큼 배 위로 덮쳤거든요. 그리고 민첩하게 옷을 찢고 손을 쓱 디밀었지 뭡니까. 아 미끄러운, 그리고 너무나 흰 살결이여. 저는 감격했습니다. 순간 하늘도 땅도 영롱한 빛깔에 취하여 조금씩 흔들리는 것 같더군요. 여사는 연신 악을 쓰며 몸을 비틀다가 활활 타는 저의 동자를 대하곤 뜻한 바가 있던지 제발 죽이지만은 말아달라고 애원하듯 하고는 이내 순종하는 자세를 취해주더군요. 고마웠습니다. 내가 왜 백정白丁이간. 저는 점잖게 부드러운 미소로써 대

답을 대신해주었습니다. 그리고 버터와 잼과 초콜릿 등이 풍기는 그 갖가지 방향芳香이 몽실몽실 피어오르는 여사의 유방에 얼굴을 묻고 한참이나 의식이 흐려지도록 취해 있었거든요.

"원더풀!"

얼마 만에야 무슨 위대한 결론이라도 내리듯 이마의 땀을 씻으며 겨우 한마디 하고 여사의 몸에서 내려온 저는 세상이 온통 제 것 같아서 견딜 수가 없더군요. 치부의 면적이 좁았는지 넓었는지에 관해서는 별반 기억에 없었지만 좌우간 이제 분이를 향하여 자신하고 한마디 뭔가 어드바이스를 해줄 수 있을 것 같은 감격으로 사뭇 들뜬 기분이었습니다. 바로 그때였지요. 비취 여사는 갑자기 몸을 벌떡 일으키더니,

"헬프 미! 헬프 미!"

위태로운 비명과 함께 정신없이 산을 뛰어 내려가더군요. 왜 저럴까. 헝클어진 머리며 찢어진 옷. 달아나는 여사의 뒷모습은 분명히 언젠가 당신이 발광하여 돌아오시던 날의 바로 그 모습이었습니다.

순간, 저는 왜 그런지 가슴이 후련해지면서 왈칵 겁이 나

더군요. 비취 여사도 혹시 당신처럼 미치면 어쩌나 하는 걱정 때문이었습니다. 하지만 그러한 걱정도 잠시뿐, 이른바 인간의 천국이라는 미국을 한아름에 안아본 성싶은 그 벅찬 감동으로 하여 저는 흔들리는 마음을 주체할 수가 없었습니다. 우선 하늘을 향하여 심호흡을 한 번 크게 하고 마음을 가다듬으려던 찰나, 그렇지요. 바로 그 찰나였지요. 탕 탕 탕. 난데없는 총성이 저를 목표로 하여 주변의 산하를 요란스럽게 울리기 시작하는 것이 아니겠습니까.

어머니.

저는 정말 저의 입장을 해명할 잠시의 여유도 없었습니다. 바위와 바위 사이를 방황하며 목숨을 이은 지 연 사흘, 오늘 드디어 펜타곤 당국은 저를 악마가 토해낸 오물이며 동시에 인간 최대의 적으로 판정하고 전 세계의 이목을 이 향미산으로 집중시킨 것이 아니겠습니까. 정말 딱했습니다. 오죽 답답하면 제가 죽은 당신을 다 붙잡고 하소연을 하게 되었겠습니까. 저는 생각다 못하여 유권자의 한 사람으로서 저의 출신구 민의원인 공空 모某 의원을 찾아가 저의 잘잘못을 솔직하게 고백하고 저의 입장을 좀 대변하여줄 것을 간곡히 부탁하고 싶었지만, 그러나 들리는 바에 의하면 공 모 의원은 벌써 스피드 상사의 상관을 찾아가 열 몇 번이나 절을 하고 내 출신구의 유권자 중에 그렇듯이 해괴한 악의 종자가 인간의 탈을 쓰고 존재했었다는 사실은 본인의 치욕이며 동시에 미국의 명예에 대한 중대한 위협임을 누누이 강조하고 나서, 내 의정 단상에 나가는 대로 자유민의 체통을 더럽힌 그따위 오물을 사전에 적발하여 처단하지 못한 사직당국의 무능과 그 책임을 신랄하게 추궁할 것임을 거듭 약속하고 나오시더라니, 어머니 저는 정말 누구의 품에 안겨야만 인간이란 소리를 한번 들어보고 죽을지 캄캄하기만 합니다. 뭐라구요. 이제 뭐 일 분이 남았는데 무슨 소릴 하고 있느냐구요. 아 그까짓 일 분이면 어떻고 일 초면 어떻습니까.

이렇게 질기고 질긴 한恨으로 사무친 저와 같은 인종은 누가 죽인다고 해서 죽는 것이 아니랍니다. 그저 죽고 싶을 때 죽는 거지요. 그보다도 지금 저 소나무 가지 사이사이로 수정처럼 말갛게 흐르는 제 조국의 청신한 하늘이나 좀 감상하여 보십시오.

얼마나 흐뭇하고 아름다운가를. 참으로 오래간만에 사지를 쭉 뻗고 이렇듯이 한가한 마음으로 하늘을 쳐다볼 수 있는 기회를 얻어 그 하늘을 통하여 처음으로 당신의 음부가 아닌 당신의 자애로운 모습을 대하게 되었다는 사실만으로도 저는 지금 흡족합니다.

어머니.

물론 이제 곧 펜타곤 당국이 만천하에 천명한 대로 기계의 점검이 끝나는, 앞으로 일 분 후면 요란한 폭음과 함께 이 향미산은 온통 불덩어리가 되어 꽃잎처럼 흩어질 테지요. 그리고 흩어진 자리엔 이방인들의 그 넘치는 성욕과 식욕을 시중들기 위하여 또 하나의 고층빌딩이 아담하게 세워질지도 모릅니다. 그러나 저는 조금도 염려하지 않습니다. 최후니깐요. 이제 저의 실력을 보여줘야지요. 예수의 기적만 귀에 익힌 저들에게 제 선조인 홍길동이 베푼 그 엄청난 기적을 통쾌하게 재연함으로써 저들의 심령을 한번 뿌리째 흔들어놓을 생각이니깐요. 물론 저들은 당황할 것입니다. 어머니, 그때 열렬한 박수를 보내주십시오.

앞으로 단 십 초. 그렇군요. 이제 곧 저는 태극의 무늬로 아롱진 이 러닝셔츠를 찢어 한 폭의 찬란한 새 깃발을 만들

것입니다. 그리고 구름을 잡아타고 바다를 건너야지요. 그리하여 제가 맛본 그 위대한 대륙에 누워 있는 우윳빛 피부의 그 윤이 자르르 흐르는 여인들의 배꼽 위에 제가 만든 이 한 폭의 황홀한 깃발을 성심껏 꽂아 놓을 결심인 것입니다. 믿어 주십시오. 어머니, 거짓말이 아닙니다. 아, 그래도 당신은 저를 못 믿으시고 몸을 떠시는군요. 참 딱도 하십니다. 자, 보십시오. 저의 이 툭 솟아나온 눈깔을 말입니다. 글쎄 이 자식이 그렇게 용이하게 죽을 것 같습니까, 하하하.

《현대문학》 1965년

미국과 일본, 그리고 민족의식

– 남정현의 한반도 평화 정착 추구 소설 세 편

임헌영 · 문학평론가

1. '국가보안법 국가'의 고통 파헤친 남정현

　무엇이 우리 민족의 목을 옥죄면서 남북이 서로 증오와 갈등과 대립으로 몰아가게 강박하여 전쟁도 불사할 듯싶은 위기로 몰아가고 있을까. 분단시대의 민족사적인 고통을 풍자적인 기법으로 통쾌하게 파헤쳐주었던 남정현의 작품 중 이 문제를 가장 직설적으로 다룬 세 편을 가려 뽑은 게 이 소설집이다. 오늘의 한국이 국내외적으로 직면하고 있는 여러 문제점을 이 세 편의 소설은 일목요연하게 정리해 준다.

남정현에 의하면 분단 이후 계속된 독재 체제는 '국가보안법 국가'라고 할 정도로 현행 헌법과도 모순되는 외세 의존적인 평화통일 반대 이념을 주축으로 삼고 있다. 일제 파시즘의 식민통치 텃밭(치안유지법)에서 모종하여 독재자의 온실에서 리모델링한 '국가보안법'은 식민지 시대의 독립투쟁과 8·15 이후의 친일파 청산 정신에 역행한다. 독재체제 유지를 위한 이 법은 민주주의, 통일과 반전 평화주의, 침략전쟁 반대, 미일 등 강대국의 외세 의존에 대한 비판 의식을 틀어막는 강력한 민족 주체의식의 마취제로 작용하고 있다.

보안법은 태어나는 순간부터 난산이어서 '국가를 보안'하기보다는 오히려 그 법 때문에 '국가의 안전을 위태롭게' 했다. 이 법은 1948년 12월 1일 법률 제10호로 전문 6조와 부칙을 제정, 1949년 12월 19일과 1950년 4월 21일의 개정에서 전문 2장과 부칙으로 개정, 시행 기일을 대통령령으로 정하도록 했으나, 정치적 상황 때문에 시행령을 제정 못해 서류창고 신세를 져야만 했다.

6·25와 같은 대혼란 속에서도 이 법은 시행되지 않았기에 기실 이 무렵부터 징역을 살았던 '장기수'들은 국방경비법 등으로 긴 독방 신세를 져야만 했었다. 말을 바꾸면 국가보안법 유무가 민족적 혼란을 다스리는데 아무런 역할도 못했다는 뜻이다.

정작 국가보안법을 정비한 것은 한국전쟁이 끝난 지가 한참 지난 1958년 12월이었다. 세칭 24파동(12월 24일의 약자)으로, 국회는 경호권을 발동하여 무술 경관들이 폭력으로 야당의원을 몰아낸 후 여당 단독으로 통과시켰다. 야당(민주당)은 즉각 '국가보안법은 이와 같이 악법이다'라는 성명을 발표했다.

"……공산분자를 더 잡을 수 있는 이점보다도 언론 자유를 말살하고 야당을 질식시키며 일반 국민의 공사 생활을 위협할 해점害點이 심대하다……이 법안은 '국가 기밀'과 '정보'의 개념을 군사뿐 아니라 정치. 경제. 사회. 문화의 각 분야에까지 확대하여 국민 공사 생활의 거의 전 지역을 처벌 대상으로 하였는바 아무리 강력전이라고 하더라도 '사회'와 '문화'의 영역까지를 '국가기밀'이라 하여 엄벌해서는 안 될 것이며 정치와 경제도 군사에 직결되는 특수 기밀만 보호하면 족한 것이고 그 한계는 법원 판례가 적정 해석하고 있는 것이다."

이어 "자유당은 자기들만이 반공인이고 여타는 모두가 용공자인 것 같은 망상과 형벌 가능의 착각을 버려야"한다고 충고한다. 많은 인재들이 이 법으로 생명을 빼앗겼거나 인생을 망쳤으며 청춘을 잃었다. 일곱 번이나 땜질해온 현행 국가보안법은 유엔을 비롯한 인권문제 관련 기구로부터 끈질기게 폐기 권고 제안을 받아오고 있는 터이다.

2. 〈편지 한 통 – 미제국주의 전상서〉와 북미 평화협정

역사적인 격변을 거치면서 점점 형해화 되어가는 이 법의 위기의식을 풍자한 것이 남정현의 〈편지 한 통 – 미제국주의 전상서〉이다. 생존의 위기를 맞은 국가보안법이 자신을 길러준 미제국주의에게 제발 살려달라고 호소하는 서간체 형식의 이 소설은 그 풍자의 익살스러움이 독자들의 배꼽을 움켜잡

게 만든다.

"나(국가보안법)는 응당 당신(미제국주의)을 폐하나 전하가 아니면 최소한 그래도 각하 정도로는 호칭해 줘야만 예의"에 맞지만 호소의 편의상 "당신"이라 한다면서 참기 어려운, "유난히 치밀어 오르는 이 억울하고 분한 심정"으로 바치는 게 이 소설이다.

"당신. / 아, 미제국주의 당신. 당신이야말로 나에게 있어선 그 누가 뭐라든 나의 구세주이시며 동시에 나의 영원한 어버이."

소설은 일제 식민지 시기의 학대와 수탈 속에서 탄생한 자신의 유년기의 아명이었던 '치안유지법'에 대해 회상한다. 조선인에게는 유독 잔혹했던 일제가 원폭 투하로 물러나고 등장한 미 군정시기에 "삼팔선이 웬 말이냐 / 남북분단이 웬 말이냐 / 단독정부가 웬 말이냐 / 외세 물러가라 / 매국세력 청산하고 / 통일정부 수립하자"라며 "대한민국의 운명이 정말 풍전등화 격"이었을 때 "당신(미제국주의)의 심려가 얼마나 깊으셨습니까."라고 추억한다. 치안유지법의 운명도 똑같았다. 죽을 뻔 했으나 살아나 아명을 던지고 새 이름을 얻었을 때

"당신의 표정은 그야말로 환희 그 자체였습니다."

　"나에 대한 사랑과 믿음과 기대가 너무나 벅차서 말씀이 잘 안 나오던가 당신은 흡사 뭔가 귀한 보물을 쓰다듬듯 그렇게 나의 머리를 한참이나 쓰다듬어 주시더니 아주 느긋한 미소와 함께 다정한 목소리로, 너와 나는 같은 운명이다. 너와 나는 둘이 아니고 하나란 말이야. 이 세상 끝까지 같이 가자꾸나. 알았지? 그러시고는 내 손목을 꼭 잡아주시지 않았던가요."

　이에 "두 눈에 시뻘건 불을 켜고" "당신의 앞길에 장애가 되는 온갖 잡귀"들을 다 쓸어내고 "당신의 귀중한 보물인 이 사우스 코리아는 여러 면에서 당신과 거의 일체감"을 이루도록 만들어 주었다며, "단 한 가지 아직도 미진한 점이 있다면 그것은 이 땅의 백성들이 평상시에 사용하는 언어문젠데, 그것도 내 판단엔 머지않은 장래에 곧 해결되리라 믿습니다."라고 고백한다. 한글 말살과 영어 공용화를 지칭한 대목이다.

　여기까지 소설은 과거의 회상을 다뤘지만 그 뒤부터는 해

학과 풍자와 과장미를 극대화시켜 미래를 전망토록 유도해 준다. 후반부에서는 서간체를 버리고 보안법의 불평 서린 호소와 질문과 항의에 미제국주의가 어르고 달래며 설득하는 대화체로 바뀐다. 기기묘묘한 이 대화를 통하여 작가는 오늘의 한반도 문제, 남북대결, 4강국의 내정간섭의 한계와 문제 해결의 주체는 남북한 당사자임을 시사해준다.

이토록 진충보미盡忠報美[*]하던 국가보안법이 위기를 맞은 것은 북-미 간의 평화협정이다. 휴전협정이 평화협정으로 대체되어 비핵지대로 정착되면 아무리 미국이 국가보안법을 애지중지해도 더 이상 살아남기 어렵다는 게 이 작품의 진면목이다. 그래서 국가보안법은 왜 북한과 평화협정을 체결하느냐고 미국에게 나무라는데, 이건 한국의 수구세력들이 평화협정을 반대하며 남북 대립과 전쟁위기를 구실 삼아 독재를 지속하며 미국의 무기를 대량 도입해주는 속내를 의인화한 것이다.

미국이 그 막강한 무기로도 북한을 선제공격이나 일망타

※ 진충보미盡忠報美 : 충성을 다해 미국의 은혜에 보답한다는 뜻

진 못하는 이유를 작가는 북한이 지닌 '도깨비방망이'라 한다. 그게 끔찍한 위력을 가진 이유는 "세포 하나하나가 다 아주 질기디 질긴 한으로 사무쳐 있더라는구나."라고 한다. 분단 이후 남북한이 겪었던 아픔을 촌철살인으로 표현한 대목이다.

3. 〈신사고〉와 체제 위기의식

국가보안법이 위기에 몰리자 오로지 이에 의지해 호사를 누렸던 세력들도 아닌 밤중의 홍두깨를 만난 듯 경악하게 된 요지경 세태를 그린 게 〈신사고新思考-허허 선생 5〉이다. 〈허허 선생〉 시리즈의 주인공 허허許虛란 웃음소리의 의성어이기도 하다. 그의 아들 만은 아버지와는 대조적인 역사관을 지닌 청년이라 부자지간이지만 공존이 불가능한 별개의 존재들이다.

허허 선생은 통일이란 말만 나오면 "보기만 해도 몸이 찌릿찌릿 움츠러드는 일본도", 그것도 "일본 황실을 상징하는 기꾸노고몬쇼오菊花 御紋章가 순금으로 노랗게 아로새겨져 있는 그 환장할 일본도"를 빼어들고 설쳐댄다. 그는 일본 강점기 때 경찰의 첩자로 "조선의 독립운동을 위한 중요한 지하조직을 열 개 이상이나 적발해 낸 공로를 크게 인정받아 그 부상으로 예의 그 일본도를 일본 천황한테서 직접 받았다."

8·15 후 친일파로 몰렸을 때 미군에게 자신의 처지를 호소하자 그들은 "우리 미군정이 정한 법과 질서를 어기는 불령不逞분자들, 이 나라에 지금 참 많습니다. 남북이 통일정부를 세우자는 놈들, 단독정부를 반대하는 놈들, 친일파 벌주자는 놈들, 미군 나가라는 놈들, 노조 만들자는 놈들, 지주 나쁘다는 놈들, 배고프다고 떠드는 놈들, 노동자가 나라의 주인이라는 놈들, 이놈들이 다 우리 미군정의 법을 어기는 불령분자들입니다. 말하자면 빨갱이들이지요. 이런 놈들 그냥 두면 허허 씨 같은 훌륭한 분들 큰일 납니다. 다 죽습니다. 아셨습니까?"라고 애국에 앞장서라고 기운을 북돋아 준다.

미군 덕에 호강하며 살아오던 허허 선생이 늘그막에 통일론의 성행으로 위기를 느끼자 천연 암벽을 이용해 어머어마한 지하궁전을 준공하여 "제 음성을 입력시켜 놨기 때문에 제 목소리가 아니면 절대로 문"이 안 열리도록 장치한다.

"주한 미국인 중에서도 미 정부의 의사를 가장 잘 대변"하는 토머스는 이 궁전을 보고 "이제 여러분들은 살았습니다. 영원히 살았습니다.(…)설령 핵전쟁이 일어난다 해도 이곳만은 안전지댑니다. 그 어떠한 핵도, 핵의 방사능도 이곳만은 범할 수 없습니다. 사실은 핵뿐이 아니라, 제아무리 작은 그 어떠한 형태의 세균도, 바이러스도 이 지하궁전만은 침범할 수 없습니다."라고 논평한다.

이 궁전은 크게는 한미방위조약일 수도 있고, 세목으로는 미국의 핵을 비롯한 신무기 도입 및 자유무역협정과 신자유주의 이데올로기의 한국 정착화 등등을 시사할 수도 있다. 토머스는 이 궁전이 외침만이 아니라 내부의 침탈자도 철통방어가 가능하다고 한다.

"주제넘게 세상이 어떻고 어떻다고 떠들면서 우리들의 이 좋은 세상을 망치려 드는 소위 그 불온분자들 말입니다. 그저 찍 하면 자주니, 민주니, 노조니, 통일이니, 개나발이니 해싸며 밤낮없이 떼

지어 몰려다니면서 여러분들한테 주먹질이나 일삼는 그따위 천하에 못된 순 불한당 같은 놈들 말입니다. 그런데 제 말씀은 설령 놈들의 세력이 커질 대로 커져서 세상을 완전히 장악하는 일이 생긴다고 하더라도 말입니다. 제깐 놈들의 주제에 이 지하궁전이야 어쩌겠느냐, 이 말씀입니다. 안 그렇습니까? 설령 또 놈들이 이곳까지 쳐들어온들, 이 거대한 절벽 앞에서 놈들에게 무슨 용빼는 재주가 있겠습니까? 닭 쫓던 개꼴이 되겠지요. 하하하."

이 대목을 정독하면 한국에서 민주화가 정착하여 재벌개혁이니 정치 혁신 등등이 이뤄지더라도 이 지하궁전은 안전하다는 의미다. 이곳의 비밀통로가 "핵무기로 완전 무장한 우리 미군기지로 연결되어"있기 때문이다.

이렇게 안전망을 구축한 허허 선생은 느닷없이 미군 철수, 통일, 북한은 통일의 동반자 운운하여 세상을 놀라게 한다. 아들이 그 이유를 묻자 "어떤 놈들이 고따위 생각을 하고 있나 세세히 한번 알아보려구 말이다. 약 오르지? 요놈아. 히히히."라며, 그게 '신사고'라고 해명한다.

신자유주의로의 전환을 허허 선생은 신사고로 부르며 최후의 자기 생존권을 위장보호하나 정작 그 웃음은 허허가 아니라 '히히'로 바뀌어 위기의식이 느껴진다.

4. 〈분지〉와 핵 위협 속의 민족 생존권

엘빈 토플러는 《전쟁과 반전쟁(War and Anti-War: Making Sense of Today's Global Chaos)》에서 미국은 향후 전투병을 전장에 대거 투입하는 재래식 전쟁이 아닌 컴퓨터와 최첨단 무기를 동원하는 새로운 전쟁을 감행할 것이라고 예언했고, 이미 중동사태에서 이 사실은 입증되고 있다. 냉전을 빌미삼아 세계 헌병 노릇을 해왔던 미국은 이데올로기가 표백해버렸는데도 여전히 러시아와 중국을 적대시하며 그 방어벽으로 한국을 이용하고자 남북대결을 부추겨서 대 중국, 러시아 전초기지로 우리의 국토를 징발하고 있다. 남북 평화협정 하나면 우리는 평화롭게 살 수 있는데, 미국은 북한을 악의 축으로 몰아세워 최첨단 무기로 온갖 위협을 가한다. 이에 북은 비대칭적 전술(Asymmetrical Warfare)로 핵실험을 감행하여 미국이

의도한 대로 남북은 극한대치하게 되어버렸고, 한국은 미국에 예속상태를 그대로 유지하고 있다.

비대칭 전술이란 적의 힘을 우회(circumvent)하거나 손상시키기 위해 예견할 수 없었던 기술이나 혁신적 수단을 동원하여 적의 약점(vulnerabilities)을 이용하는, 예측 불가능하면서도 비전통적인 접근방식(unanticipated and non-traditional approach)이다. 쉽게 말하면 미국이 북한을 전면 공격하면 재래식 전쟁으로는 방어가 어렵다. 따라서 미국은 언제든지 북한 선제공격이 가능해진다. 이럴 때 북한은 핵무기, 생화학무기, 탄도미사일 등으로 상대에게 가공할만한 반격력을 갖추는 방법 밖에 없는데, 이게 비대칭적 전쟁이며, 바로 북핵 문제다.

남정현의 〈분지〉는 양공주를 등장시켜 한반도의 핵전쟁 위험에 적신호를 보낸 탁월한 형상화인데, 흔히들 홍만수가 스피드 상사의 부인을 겁탈한 것으로 잘못 알고 있다. 겁탈했으니 펜타곤의 핵 공격을 당하게 된다는 게 아니라 겁탈을 하지도 않았건만 펜타곤이 겁탈 했다고 거짓 선전하면서 향미산(한반도)을 핵무기로 포위한다는 고발이 〈분지〉이다.

바로 남북한의 적대시가 얼마나 허황된 어리석음인가를 일깨워주는 작품이다.

편지 한 통
-미제국주의 전상서

발행일 | 2017년 6월 21일 초판 1쇄

글쓴이 | 남정현
편   집 | 플랜디자인
펴낸이 | 최진섭
펴낸곳 | 도서출판 말

출판신고 | 2012년 3월 22일 제 2013-000403호
주소 | 서울시 마포구 토정로 222(신수동 448-6) 한국출판콘텐츠센터 316호
전화 | 070-7165-7510
전자우편 | dreamstarjs@gmail.com

신고번호 | 제2013-000403호
ISBN | 979-11-87342-04-5

- 값은 뒤표지에 있습니다.
- 잘못된 책은 본사나 구입하신 곳에서 바꾸어 드립니다.